水落石出

The Whole Thing Comes to Light

刘汀 著

上海文艺出版社
Shanghai Literature & Art Publishing House

目 录

一　刚刚好 ...1

二　后遗症 ...19

三　换户口 ...32

四　兄弟俩 ...47

五　错中错 ...60

六　梦里梦 ...83

七　办婚礼 ...100

八　走夜路 ...109

九　三胞胎 ...128

十　水帘洞 ...137

十一　告别信 ...155

十二　过新年 ...168

《水落石出》创作谈 ...180

《水落石出》或者一种小说理解
来，让我们谈谈庄稼

刘汀

本质上，写小说也是劳作，既然是劳作，也就和种庄稼没有太大分别，字斟句酌如拣选种子，谋篇布局类安排五谷杂粮。所以今天不妨把对小说的一种理解简化为——写小说如种庄稼。

如今，不要说年轻人，即便是中年以上的人们，大概都不怎么看见真正的庄稼了。我们眼里只有磨好榨出的米面油，甚至只有餐厅里烹饪好的食物、面包店烤好的面包，无人知晓这些事物最初不过是一粒种子，因为投入了大地，因为有农人悉心侍弄，因为阳光雨露，才长成一株禾苗，才结出或酸或甜的秋实。再然后，才是我们日常所见所用的样子。

我在乡下的完整生活有二十年。其中的八年，从小学到初中，每年都会有几段时间非常亲密地接触庄稼。这些经验，直到今天仍然在为我提供真理。春天，跟着在牛马的屁股后面，把一枚又一枚豆籽点进田垄；也可能是端着簸箕，抛洒土肥去覆盖母亲点下的种子。不论做哪样，大人都只有一个要求：别太稀了，也别太密了。这尺寸他们已了然于胸，而我却难以摸到门路。夏日，放农忙假，跟着大人去薅草。谷子长到一拃多高，在干爽的土地上摇摆。我看见田垄中一丛丛密密的苗，高兴地跟母亲说："谷子真好啊，你看长得多密。"母亲头也不抬，一边蹲着向前挪动，一边说："庄稼长得好不好，看的不是苗，是没苗的地方。"琢磨了许多年，我才明白大致的意思——一株庄稼长得好坏，能从自身的高矮粗细看出来，可一地庄稼的好坏，看的则是苗和苗之间的距离。距离太近，甚至生到了一处，这些苗就会因互相侵蚀而孱弱细瘦,甚至一粒粮食也结不出来;距离太远,一条垄也没几株苗,照样收不了多少粮食。它们之间必须保持适当的距离,不太稀又不太密——既不近到互相影响,又不可远到无法彼此呼应。

写小说又有什么不同呢?字词字句,既要有章法,更要有文气。文意总在空白处,那些没写的东西,才是要写的东西。所以,字和字的距离,就是苗和苗的距离,必须恰当、合适。恰当与合适,并没有统一的标准,要看土壤、水源、天气、种子,更要看写作者对这门活计的熟练度与理解力,所以写作总是随时而动、随势而动,也是看天吃饭的活儿。

说到这,忍不住又想起一样庄稼,玉米。我小时候遇见过两块至今仍在记忆中生长的玉米地。

第一块地里,有两家的玉米,我们的和邻居家的。我家的玉米比邻居家的矮一个头。我心里难过,便说:"咱家的玉米怎么长得这么差。"父亲却掰掰正在成形的玉米穗说:"好。"从地东头走到地西头,我终于忍不住问:"明明比别人家的矮那么多,怎么还说好?"父亲说,你不知道,现在的玉米都是改良种,有百天种,有九十天种。我们种的是百天种,一百天才成熟,别看它长得矮,可是一亩地打出来的玉米,可别九十天的多。

另一年,又看到一片玉米,长得一株挨着一株,密不透风,所以都不高,甚至根本没有结出玉米穗。我以少年的姿态跟父亲说:"看看,这家人真是不会种庄稼啊,不知道两株苗之间是要留空。"我以为我懂得了农耕之道,并以此去嘲笑的别人,哪想很快就被父亲"打脸"。父亲说,狗肚子盛不了四两油,别又不懂装懂啦。我不明所以。父亲解释说,这片地里种的根本不是玉米,是青贮。青贮本来就不是为了打粮食,而是收割后晒干,留到冬天用来喂牛羊的。所以,种青贮就是要种得密密实实的,这样长得才多,而且因为密,才长得细细的,牛羊吃起来才不会那么干硬。我羞愧而恍然。

写《水落石出》的时候,我想的多是这类种庄稼的道理。

一　刚刚好

老梁是某体检中心男外科的工作人员。

人体有一小块特殊的区域,老梁平均一年要看上万次,这两年因为疫情有所减少,那也不低于八千次。看完了,在一张单子的一项上打个钩,签上蚯蚓般扭曲的几个字。很少有人能认出来,那几个字是他的名字——"梁为民"。第一次干这活儿的情形早想不起来了,已是几年前的事,记忆里没存下任何准确的细节,只余一种似是而非的感觉:哦,原来如此。现在,老梁已经彻底适应了这项工作,整天坐在一个小屋子里,戴着口罩,检查完一个,签字,喊下一个。

就进来一个。

老梁说,包放旁边,坐凳子上。那人放好包,坐凳子上,略显紧张与无措。老梁走上前去,先按按腹部,问哪儿疼,然后走到身后,捧起他的脸,两只手顺着淋巴结摸到甲状腺,继而捏捏颈椎,沿着脊柱往下捋,再按按腰椎,说几句脊柱有点儿侧弯之类不痛不痒的话。说的无心,听的也无意。其实,他从来没摸出什么真正的毛病来,不过是做出一整套动作,让自己的行为显得很有必要。

裤子褪下来,撅屁股。老梁接着说。

如果是第一次来体检的,一脸蒙,不知道这是要干吗。倘若来过的,且被老梁或者老王老黄老全之类的检查过,立刻就明白怎么回事了。不管上一次这种情况过了多久,一瞬间,这些人都会不由自主地身体一紧,心里发颤。新来的犹豫着脱了裤子,心里头骂着一句话……行了,剩下的场景就不描述了,大家自己意会。总之，老梁如今每天主要的活儿就是这个，偶尔也客串一下其他没什么技术含量的科室，比如测疲劳、中医科什么的，总之都是穿白大褂、戴口罩、签字、喊下一个，区别不大。

老梁对自己现在的状态挺满意，工资不高不低，活儿不轻不重，用他朋友圈里的话就是"一切刚刚好"。如今，他已经过了对生活有高要求的阶段，不要早也不要晚，不要多也不要少，刚刚好就是最好。偶尔，来体检的顾客比较少，尤其是临近中午的时候，老梁孤独地坐在那间没有窗子，有些昏暗和逼仄的诊室里，也会走走神，过去的一些人和事毫无规律地从记忆中浮出来又沉下去，像雨天河水里的木头。沉下去的已无从考证，浮上来的多是一些往事的碎片，有时只是一句甚至半句话，比如那句"屁股决定脑袋"，本是说一个人的身份位置，会影响他的思考和想法，现在的老梁有了全新的理解——别人的屁股决定了他的脑袋。他希望这些屁股犹如滔滔江水，不可断绝，那他就能一直赚着这份小钱，过这份闲散日子。老梁心里清楚得很，人能活到刚刚好，已经用尽了大半辈子的力气，剩下的事就是勉力维持住。

在外面，除了一起喝酒的几个朋友，他从不谈自己的具体工作。他知道，这活儿多少有点儿招人嫌，哪怕人家大大方方地说，嗨，都是革命工作么，干什么不是干；或者用另一句老话来宽慰他：三百六十行，行行出状元，你这也算是"首屈一指"的状元。但是，又有谁愿意当这种状元呢？有人问起，他只说在体检中心打杂。体检中心么，没去过的也听说过，脑海里立刻浮现出拿着小木棍测视力之类的形象，也就应付过去了。他轻易不跟别人握手，以示尊重，当然，偶尔遇见比较烦的那种人，他也会握住使劲摇晃，不撒开。后来，他在网上看到一个视频，是讲印度人的生活习惯的，说他们吃东西和上厕所竟然都用手，不禁愕然并释然。那个视频还说，古人有云：道在屎溺。道且如此，他这样一个俗人又何必较真呢？渐渐也就荤素不忌了。

跟老黄、老全、小孙一起喝酒时，老梁最放松，畅所欲言，因为他们四人是同一个工种，只不过在不同分店里上班。他跟老黄、老全年龄相当，都是年过四十的人。那个视频又说了，四十不惑，对不惑的长篇大论他没太懂，却记住了这个词，不惑嘛，按字面意思就是没啥疑问了，超脱了。那时老梁对生活还有不少疑问，惑得很，但近年他对这两个字有了自己的心得：所谓不惑，就是认命。认命之后，何来困惑？因此，碰杯时他们多有真真假假的感慨，一半是人生只能如此的无奈，一半是人生不过如此的从容。前者呢，又主要是对年轻的小孙的，后一半才是对他们这种半老不老的人的。酒干了，便唏嘘几声，说小孙才二十出头，长得也白白净净，正经有一门手艺，竟然也沦落到这步田地，可叹可叹。不过小孙自己对此倒不甚在意，忙时干活，闲时打游戏，假期跟朋友出去游山玩水，逍遥自在。算下来，他已是00后，隔着二十年的沧海桑田，脑回路跟他们不同正是理所应当。

把吱吱响的干锅里最后一个麻辣鸭头夹走，小孙边啃边说，咱们四个也是一个组合，"淘粪 boy"。淘粪无须解释，自嘲而已，boy 就是男孩的意思，他们也明白。小孙大概还可称男孩，另外三个如何叫男孩？鸭头瞬间变成一堆碎骨头，被辣得咧着嘴的小孙说，你们才四十多，怎么就老了？再说，老了又怎么不能当男孩，老男孩，老男孩，说的就是你们这种。众人便举杯，砰砰砰，致敬老男孩，致敬"淘粪 boy"。老梁心里想，还得是年轻人，荷尔蒙支配大脑，也不惑，但人家不惑是不向这世界问问题。不问问题，自然就没有问题。遂觉自己年轻时的那些事如啤酒上的泡沫，方生方破，即便不破，灌进肚子里，一个酒嗝打出来，一样是无影无踪了。

小孙生在京城的远郊，出门解个手，一使劲，都能尿到河北的地界去。他从小就好打游戏，不爱念书，也不是不爱，初中时也真下了两年苦工夫，奈何熬得近视眼、颈椎病，成绩却像被点了穴，纹丝不动。班主任戏称他为"定海神针"，因为每次考试，其他同学的名次要么升了，要么降了，总之有变化，唯有小孙，十次倒有九次是倒数第三，好不容易有一次倒数第二，还是因为真正的倒数第二生病缺考了。中考时，勉强过了高中录取线，想着这书再念也是没有盼头，不如早点儿寻活路，于是听从电视广告的召唤，去了蓝翔技校，学开挖掘机。不知是游戏打多了，手眼协调、动作灵巧，还是天生是这块料，他在机械这方面倒有天赋，什么挖掘机、大卡车、翻斗车，上手就能摆弄得玩具一样。毕业前夕，作为优秀毕业生，还给地方电视台表演过用大卡车的轮胎拨打火机：近两米高的轮胎，轻轻擦着小巧的打火机，噌，一个小火苗腾起，掌声一片。那节目最后一屏是几个大字：孙师傅点起了希望的火焰。学业结束，小孙在工地干了一年，觉得太枯燥了，主要是没有女的，除了钢筋水泥砖头瓦块，剩下的全是老爷们，便辞职不干，七转八转到了体检机构。这里就不一样了,都是女护士,二十多岁,而且大部分跟他"门当户对",是从村里、镇里到城市来讨生活的普通女孩。做同事这件事虽比不得谈恋爱,门当户对也很重要,比如说,你要请人吃个饭,去花花椒椒酸菜小鱼或者姥姥家春饼,一百多块钱就能吃饱,口味也说得过去。可要去隔壁海底捞,三百打不住。在北京,海底捞又算啥高档餐饮?真贵的那种想也不要想,一个月工资还不够一顿饭钱。近水楼台先得月,不到一年,小孙就在体检中心里谈上一个女朋友,姓吴,河南周口人。小吴长了一张瓜子脸,杏仁眼,都挺标准,下巴尖尖,额头圆圆,属于传统的那种耐看的姑娘。但是有一个缺点,就是左脸颊上有块暗红色的胎记,如果没有这块胎记,小吴至少能去宫斗戏里演个丫鬟,最差也能到直播平台当个小网红,但现实就是如此残酷,因为这块胎记,她只能在体检中心当护士,每天穿浅粉色制服,引导体检的人在B超室外面排队,或把一部分送到老梁、老全、老黄和小孙的诊室里。按说小吴是正经读了医学院的,学的是针灸,只是找工作不顺,原想进大医院,没门路,自己要开个针灸馆,又没资本。她还有个执念,就是一门心思要去北京工作,所以一毕业就抛开家里奔赴北京,然后发现北京居大不易,硬撑了一段时间,经一个师兄的介绍,到了如今的体检中心。对自己的命运,小吴已经不甘心了二十年,到现在,仍是不甘心。但知道不甘心什么用都没有,只好先接受这一切,就像她接受小孙一样。小吴的不甘心,遭遇上小孙,小孙也只能不甘心,面对女朋友周期性的不满现状,小孙常用那句朋友圈里的流行语安慰她:"一切都是最好的安排。"女友好不容易被哄出笑脸,小孙心里却一沉,他知道,长此以往,两人实难走到头。

某一天中午一点,老梁下班了。体检中心都下班早,毕竟抽血需要空腹,能熬到十二点不吃早饭的,也没几个。通常,老梁他们的最后一个任务是跟车把一些标本送到实验室，进行统一化验。到此，一天的工作基本结束了，"淘粪boy"四个人大都是在这时候碰头的。凑到一起之后，常就近找一家小馆子，要几个小菜，开始喝酒，一直喝到天黑，等于把午饭和晚饭一起解决。这顿饭，是大家轮流做东，如果哪一天人不齐，只有三个或两个，就AA，等到下一回再按顺序往下轮，从不错乱。他们已经习惯了一切都按序排号的日子，也把这个习惯带到了生活里。也因为这个，四个人从没在请客吃饭的钱上闹不愉快。

从小酒馆出来，他们身体摇晃，摁亮手机看看点儿，又按顺序上了四个方向的公交车，东南西北，各自回去睡觉，第二天再重新回到那间没有窗子的诊室，机械地喊"下一个"。

这天，喝完一瓶二锅头，四个人出了饭馆。老黄老全摆摆手，坐车走了。老梁眼看自己的48路开过来，正要往前凑，小孙说，梁哥等下，我有几句话说。老梁心里纳闷，想这小孙有什么事，要单独跟他说。

平时他都叫他老梁,今天突然喊梁哥,看来这事不是工作上的事。

"没喝好,咱哥俩再来点儿。"小孙拉着他,又进了旁边一家烤串店,要了肉串、板筋之类并两串大腰子,两瓶啤酒。

等大腰子吱吱冒油端上来,老梁听明白了小孙要跟他说的事。原来不是小孙有事,是小吴有事。小吴觉得两人都在体检中心上班,既没钱图,更没有前途,猴年马月才能买上房子结婚?虽然小孙的户口是北京的,也有自己的一处房子,可毕竟是远郊,一个客厅也换不了城里三环的一间厕所。他们虽不至于狂妄到要在三环买房,可就算是五环,均价也四五万了。

老梁咬了一口大腰子,说,我懂,但是咱们挣多少你也知道……

没等他说完,小孙连连摆手说,哥,你别急,我不是跟你借钱。

老梁嘿嘿一笑,说,你可以借,但我没钱借给你。

小孙说,哥,你在隆昌肛肠医院待过?

老梁一愣,心想,这话问的,以前聊天的时候说过,自己在好几家私立医院都干过,这不是明知故问吗?他便嘴里含糊地嗯了一声。

小孙端酒杯,说先干一个。

酒干了,小孙专心对付火候比较轻的牛板筋,不停地撕咬咀嚼,但就是不咽下去。老梁心里想,这小子到底有什么事,支支吾吾、磨磨叽叽。搁以前,他是个急性子,这时候肯定忍不住问,但现在老梁有了耐性,你不着急,我急什么?也不等小孙让,自己倒了酒,端起来自己喝。

两瓶啤酒见底了,小孙终于按捺不住,说,哥,我听说你跟肛肠医院的柳院长,曾经特别熟……

老梁心里一个咯噔,心想,这小子打听得还挺细,这种陈年往事都翻出来了,究竟想干什么?

小孙见老梁既没否认也没承认,知道这事不是空穴来风,或是酒终于到位了,他不再磨叽,索性一股脑儿说起来。原来是，小吴近些天一直想换个工作，把简历投到了隆昌肛肠医院，这个医院有个中医门诊，和减肥美容挂上了钩，还挺火爆。但那边一直没给信，前几天小吴打听到，一起去面试的有人已经拿到通知了，就担心自己落选。然后她之前偶然听小孙提到过老梁在那儿干过，想让他托老梁找人给问问，如果能给推荐一下，就更好了。不想这小孙是个有心思的人，得了女朋友这个命令之后，并未直接找老梁，而是自己去做了一番调查，这一调查不要紧，把老梁的一件陈年往事给查出来了。

也不是什么大事，就是老梁和隆昌肛肠医院的院长柳丹有过一段恋爱——也可能不是恋爱，但传播消息的人这么说——至少是有过不一般的交情，他便想，如果老梁能帮小吴出个面，这个事成功的概率肯定提高不少。

说完事，小孙并没有打住，而是叹口气，然后继续跟老梁说，哥，我以前跟你们说的话，有真有假。

比如说，我说我家在京郊，撒泡尿能尿到河北去，其实正好相反，我家在河北，只能尿在河北，要想尿到北京，还得走半个小时。再有就是，我说我是独生子，其实也不是，我还有个哥哥，比我大两岁，但我这个哥，从小就有病，出生脑积水，然后脑瘫，到现在也就六岁孩子的智商。我从三岁开始，就不是弟弟，是哥了，等我再长几岁，他就不是我哥，相当于我儿子。我小时候不懂，等大一点儿，我才明白自己为啥出生。就是为了我哥，我爸我妈担心将来他们都死了，没人管我哥，才又生了我，我天生就是来接盘的。爹妈本想着把我培养成大学生，生活能力强一点儿，将来的压力就小点儿，偏生我又没有学习的基因，怎么学成绩都上不去。每天放学回家，看我哥在那儿撒尿和泥，一想到这是我一辈子的责任和负担，心里就沉得像座山。我现在赚这点儿工资，要想扛起这个任务，简直是"愚公移山"。一想到这个就心烦，就跑出去，跟朋友们到网吧打游戏，大多数时候，我没钱打游戏，就只是在旁边看一眼,或者帮他们去买份快餐、买烟酒,他们累了休息的时候,让我玩一会儿,过过瘾。

听到这儿,老梁心里叹口气,抬头看看小孙,可能是醉眼蒙眬,这么看去,小孙一脸愁容,好像也没比自己年轻多少。

老梁说,家家有本难念的经,你也是不容易。他招手,又要了两瓶啤酒,几串羊肉和鸡胗。

小孙继续说道,后来我不是去蓝翔了么,毕业了,到工地开挖掘机,其实收入不错的。我跟你们说是太无聊,所以不干了,其实不是。是出了个事。有一回,我跟几个人一起干活,前一天晚上我妈打电话,问我发工钱了没。我兜里一分钱没有,你也知道,这年头就没有不拖欠工钱的工地。挂了电话,我难受极了,就跟工友去喝酒,都喝醉了。第二天上工,一个个酒还没醒,可能是买着假酒了。头晕乎乎的,手脚拿不准,机器操控得张牙舞爪。然后我亲眼看着一个筛沙的工人,被旁边一个挖掘机的大爪子敲中了脑袋,安全帽和脑瓜子碎成一摊，人当场嗝屁了。我吓坏了，好几天没睡着觉，再也不敢开那玩意了，只要一看见铁爪子举起来，就觉得后脑勺发凉，手脚哆嗦。我怕死，我更怕我死了，我爸我妈我哥都没法活了，我就是他们的活路。所以辞了工地的事儿，兜兜转转，成了现在的"淘粪boy"。老黄你们不是老笑话我为啥年纪轻轻不去干点儿别的，非要整天看别人屁股吗？就为这。这也就罢了，谁让你出生就是要接盘的呢？谁叫你胆小呢？可现在我又跟小吴谈了对象，将来要结婚，我哥的事，我其实不是北京人的事，我都没敢跟小吴说。我怕说了她就不跟我好了，这年头谈个恋爱也真难。我就想着，如果我能把她弄进她想去的医院里，她就算对瞒着她的事心里不满，顶多埋怨我几句，不至于跟我分手，是不是？哥，你会帮我吧？你肯定得帮我。

老梁被他说得心里发酸，一瞬间，跟胃里的酒肉一起翻涌的，还有他自己的往事，正所谓酒不醉人人自醉。但老梁心里始终绷着一根弦，帮忙这事，真帮成了，那是情分，可要是帮不成，虽说不至于结仇，以后再相处也肯定不畅快了。于是，他压住心里对小孙的同情，含含糊糊说，看情况，看情况。

小孙见他不给准话，拧了下鼻子，拎起一瓶酒，咕咚咕咚，一口气干了，然后说，哥，我后半辈子可全靠你了。

老梁不说话，眼神发呆，好像断片了。

小孙见如此，也不再催问，说自己有点儿喝多了，要吐，就往门外去。老梁低头沉默了一阵，小孙还没回来，他就想，这顿我请吧，不让他花钱了，就到前台去结账。前台说结过了，老梁正想小孙还是讲究，趁着出门呕吐把账结了。他刚要转身，前台说等一下。老梁回过头，前台递过一张代金券说，你朋友刚才结账的时候用了一张代金券，忘了签字了，你帮他签一下。

签谁名？老梁问。

都行,你的他的。前台说。

老梁歪歪扭扭地签上梁为民三个字,心里头一闪念:小孙到底是真醉还是假醉?真假无所谓,只是他提起柳丹,勾起老梁很多回忆,让他忍不住心生感慨。今天酒有点多,心里颇后悔,过量了,过犹不及啊。老梁想压住这种中年人矫情的怀旧,哪承想它如弹簧一般,愈压愈强,便索性任它大坝决堤般泛滥。

二 后遗症

柳丹原来不叫柳丹，叫柳红梅。

五年前，老梁一身干净地——是真干净，婚离了好几年，小公司注销，但跟很多欠了一屁股债的同行相比，他已经算不错的了——从中关村海龙大厦的小柜台出来，走投无路，回归了自己多年前干过的老本行，进了一家医院。那是一家民营医院，名字叫隆昌肛肠医院，是一个福建莆田人开的；也可能未必是莆田人，听口音并不像，但老板对外一直自称是莆田的，治肛肠是家族传承。靠着一本发黄的卫校毕业证和对这类医院的了解，老梁聘上个外科大夫（名义上的，其实没有行医执照），主要值夜班；柳红梅是内科大夫（她是正儿八经的），周一到周四都是白班，只有周五值夜班，所以他俩在周五晚上才有机会碰面。按说这两个人相遇的概率不大，干了半年，只是偶尔走廊里碰到几次，都戴着口罩，知道彼此是同事，相互点个头而已。但人和人相处久了，总会发生一个什么事，把他们纠缠起来。有一个周五，凌晨两点了，老梁窝在诊室的沙发里打瞌睡，柳红梅急匆匆冲进来，喊救命。肛肠医院的夜班诊室，其实就是个摆设，谁犯急病了大半夜到这儿来？肯定是叫救护车奔公立医院去了，所以所谓的值夜班，主要就是打瞌睡、刷手机、看电视剧，相当于一个打更的。

　　老梁不爱玩手机，也不喜欢看玄幻、宫斗剧，多数时候都在半睡半醒地瞌睡。柳红梅来之前，老梁做了个梦，梦里头是更早些年，他在卫校念书时候的事儿。比如说三年级第二学期，他们班开了解剖课。卫校本来没有解剖课，主要原因是穷，没钱建解剖室，尤其是没有足够的人体标本和长期储存标本的条件。但是就在这一年，卫校新来一个校长，姓谭，有点儿能耐，不但通过私人关系从自治区卫生厅要了一笔钱，建起了简易的解剖室，还和某监狱建立了战略合作关系，那些无人认领的死刑犯的尸体，有一部分运到了卫校的福尔马林池子，其中较为完整的，被做成了标本。解剖课由谭校长亲自主讲——除了他，学校里也没有能完成解剖的外科大夫——他手持手术刀，指挥着梁为民和同学把尸体从池子里捞出来。标本池里荡漾着红色的防腐药水，解剖室独有的腐味刺激得人恶心作呕，但浓重的消毒水味又令人的脑子保持着清醒，让你觉得身体和意志之间拉拉扯扯、藕断丝连。梁为民和一个叫"豪哥"的同学，把两个铁钩子伸进池子中，很快便碰到了一个物件。他们小心翼翼，不敢用力。谭校长大声喊：怕什么，赶紧捞出来。他们感到自己并不是怕尸体，而是怕铁钩子把脑海中想象的那具肉体划破。这想象让他们微微颤抖，皮肤紧缩，胃部的痉挛也随之加剧。在谭校长持续的叫喊中，他们终于突破了心理上的障碍，手臂用力，把那个物体钩了上来，事实上，它比想象中要轻一些。让所有人意外的是，那具身体看起来，跟他们的年纪差不太多。

在几个同学的帮助下，他们把标本抬到了手术台上，校长开始了他的解剖表演。梁为民处在一种麻木的震惊中，无力去观察周围的同学到底是什么状态，只是隐约看到有的女生捂住眼睛，有的开始干呕，但碍于校长的权威和冷静，无人离开。只是，谭校长的解剖表演成了一场灾难，由于并没有相关人员的协助，那具尸体送来后的处理并不规范，当谭校长的手术刀划破肚皮，正要跟同学们讲解人体内部结构时，一堆肿胀变形的内脏喷薄而出，泥石流一样堆满了手术台，分不清哪个是心肝哪个是肚肠。看着眼前的景象，谭校长也蒙了，手术刀掉在地上。这时候，一半以上的同学终于彻底把胃里的东西吐了出来。

那次解剖课后,整个班级陷入一种怪异的状态,大概一个星期的时间里,人人都精神恍惚,上课走神,吃饭会把菜塞进鼻子,而且大家都惧怕洗澡——公共浴室里灯光昏黄,满是氤氲的湿气和白色的身体。尽管两个地方环境、气味迥异,但人的头脑有能力把一切场景幻化为想象的样子,如果头顶的水龙头流下冰凉之水——这实在是常有的事,在这个北方小城学校的公共浴室,因为缺少足够的燃料,洗澡水常年是温吞吞的,许多时候甚至直接就是凉水——他们会恍然以为是谭校长的手术刀在身上游走。但是这一天,不知道是什么原因,浴室里异常闷热,洗澡水几乎达到了五六十度,梁为民把一块香皂打在身上,不停地搓洗着身体尤其是双手,突然感到头晕目眩,重重地摔倒在地上,而且顺着滑腻的地砖滑行了一米多远。后来,是一起洗澡的豪哥把他拖到了男浴室门口,掀开门帘,让凉风吹他的额头,又接了一杯水灌进他的嘴里。几分钟后梁为民终于悠悠醒来。他被热晕了。

等梁为民彻底清醒,豪哥说给他压压惊,就带着他去离学校几里地的一家小饭店,喝了一顿大酒,喝到两个人蹲在马路边,把吃进去的所有东西全都吐出来。那一年,他虚岁十七,实岁十九,左腿成年,右腿未成年,好像骑在一堵不知该往哪边下的墙上。他们摇摇晃晃走在春末的土路上,路边田野里庄稼茂盛,植物清新的气息让两人感到一种畅快,他们于是躺倒在玉米地里,沉沉睡去。醒来时满天星斗,梁为民感觉身体和精神都被洗刷了一遍,解剖课所带来的后遗症终于彻底消失了。豪哥,谢谢你,他略显煽情地说。豪哥搡了他肩膀一拳,说,你酒量可以。从上学以来,豪哥一直对梁为民多有照顾,他不但是宿舍的老大,还是整个班级男生群里的老大。不过,豪哥的老大不是靠拳头或威严获得的,而是靠他的智慧和耐心。他几乎帮过所有人的忙,他善于协调学生们跟学校各个部门的关系,甚至有能力劝说食堂在中秋节杀一头猪,给大家改善伙食。在学校里,豪哥是唯一知道梁为民过去的人,他在许多次酒后搂着他的肩膀说,为民,我们不是亲兄弟,胜似亲兄弟。梁为民心里荡漾着感动,他想,只要有豪哥在,自己就能一直享有这种让他内心安定的照顾。

但是在毕业前半年,豪哥出事了。某个夜里,他带着一个女同学翻墙出学校,骑着借来的摩托车去城里舞厅跳舞,返回时,在一个路口被对面疾驰而来的卡车撞倒,豪哥断了一条胳膊一条腿,那个女同学当场死亡。在大车灯的照耀下,断手断脚的豪哥看见同学开肠破肚,犹如谭校长那次并不成功的解剖现场,他已经忘记了疼痛和叫喊。从此之后,他再也没有说过话,整个人都痴痴傻傻,像块石头。一开始,人们都以为他是装的,只为逃避责任和惩罚,但是后来随着时间的流逝,一个月两个月,半年过去了,他依然如故,人们便知道他真的吓傻了。还有人说,他的魂被那个死去的女孩带走了。接下来的一年多时间,豪哥一直住在赤峰郊区的疗养院里,他的父母日夜守护,期待着奇迹的发生，但是周围的人都有着同一种不能说出的想法——奇迹在远方，奇迹从不会降临在这么偏远的小城和普通人身上。离开学校前，梁为民去疗养院看他，豪哥穿着类似病号服样的衣服，坐在铁架床上，新剃的头上露出带着疤瘌的青色头皮，两只耳朵显得特别大。豪哥脸上有两道疤痕，一道是车祸时留下的，另一道是那个女同学伤心欲绝的父母用饭缸子砸的。伤疤像两个对称的括号，在左右脸上括住了他口鼻，仿佛他整个人只是这起事故的一个备注。

梁为民用网兜拎来两盒糕点和两瓶罐头，跟豪哥说了一阵子话。说他们一起经历过的事儿，说自己找不到工作只能回老家，说那一次他们大醉之后的酣眠，说着说着，梁为民流下眼泪，豪哥依然盯着房间墙上他用饭菜汁涂抹的不规则图案，似乎他已经迷失在自己建造的迷宫里。临走时，梁为民把罐头和糕点拿出来，放在豪哥床头的小柜子上，把网兜拿走了，他宿舍里还有些零零碎碎的东西没地方装。关门的时候，他仿佛听见豪哥说了一声"兄弟",回头去看,床上端坐的依然是一双空洞的眼睛。

柳红梅冲进来时,梁为民又一次梦见豪哥从床上站起来,跟他喊"兄弟"。从柳红梅气喘吁吁、断断续续的叙述中,梁为民听明白了事情:一个半醉的人来看急诊,刚进诊室就晕倒,心脏骤停,失去了知觉。柳红梅来找他求助。梁为民来不及细想她为何不按流程急救,赶紧跟她去内科诊室。一个男人瘫倒在地上。梁为民说,你给他测脉搏了没?柳红梅说,测了,没有,我判断就是心脏急停。梁为民说,那还等啥啊,赶紧做人工呼吸啊。柳红梅说,他是个男的,还一嘴酒味。梁为民一愣,说,你这什么意思?柳红梅说,梁大夫,帮帮忙,你给他做吧。老梁才明白柳红梅火急火燎找自己的原因所在。人命关天,他也顾不了跟柳红梅计较,赶紧蹲下给那个醉汉做人工呼吸。梁为民念的卫校虽然不怎么样,但急救这种基本技术他还是比较熟练。过了一会儿，醉汉恢复了心跳，渐渐苏醒过来。梁为民和柳红梅一起把他抬到旁边的床上，柳红梅给他挂了一个点滴。这时，醉汉的家属也跟着120急救车赶来了，据说家人本来叫了急救车，但醉汉自己跑了出来，误打误撞进了肛肠医院。家属和急救车绕着附近街道找了半天，才打通他的电话——柳红梅接的，告知了醉汉的情况。他们又把他抬到车上，往附近的公立医院去了。

肛肠医院重新安静下来，柳红梅说，梁大夫，今天真是谢谢你啊。梁为民心里想，这个女人真矫情，就因为嫌病人嘴里有味儿，见死不救。见梁为民没搭话，柳红梅说，梁哥，是不是生气了？柳红梅说着，摘了口罩，说我也不是嫌弃他，主要是不方便。梁为民第一次看见柳红梅的真面目，人中正中间有颗痣，嘴里戴着牙齿矫正器，让她的整张脸看起来有些怪异，但脸型仍能看出好看的轮廓。特别是那双眼睛，戴着口罩的时候，只觉得仿佛总有千言万语欲说还羞，口罩一摘，它们却又显出一种笃定和沉静，但这笃定和沉静里，依然是有话要说的样子。

柳红梅指了指牙齿上的矫正器说，你瞅，我戴这个也不好做人工呼吸。梁为民说，也是。柳红梅掏出手机，说，你扫我。梁为民就加上了她微信。梁为民回到诊室，先好好刷了个牙，然后开始刷柳红梅的朋友圈，发现是三天可见，什么都没有。他点开她微信头像上的照片。照片上的人跟她有几分相像，但似乎不是她，不知道是不是P过的图。梁为民继续打盹，心里还想着会不会接上刚刚的梦，瞌睡就迅速袭击了他。的确又做梦了，但梦的内容是他在给柳红梅做人工呼吸，他的舌头被她的牙套刮得血肉模糊。

这之后，梁为民和柳红梅逐渐熟络起来，每到周五一起值班，柳红梅就给他送点儿麻辣鸭脖、干果，一瓶饮料什么的，在她的诊室或他的诊室随意聊着。那些漫漫长夜里，在医院这个奇特的地方，人特别容易冲动。不知道什么时候，他们就在诊室里冲动到了一起。他们的冲动直接而激烈，只是梁为民从来不敢吻柳红梅的嘴，他觉得那是不言自明的禁区。

梁为民想，这算是恋爱了吗？仿佛算，但事实上，除了每周五的见面，他们从未在其他时间约会过，也没有一起看电影、吃饭，更未对其他人公开。两个单身的人，像是两个已婚的偷情者。只是这种事是藏不住的，医院的同事私下里聊天，都说梁为民在追求柳红梅，但柳红梅始终没点头。梁为民也不解释。

这种情况持续了半年，突然有一天，柳红梅不见了。一开始，他以为她调班，不再周五晚上值班，便给她发微信。柳红梅没有回复。后来他到医院人事部打听，她们说柳大夫去参加培训了。

去哪儿？他问。

她们都摇头，说不清楚。

又半年后，梁为民再次见到柳红梅，竟然是在老板新开的分院的开业典礼上。柳红梅坐在主席台上，挨着老板，面前的桌签写着：柳丹。梁为民前些天听说了，老板要开一家分院，分院院长叫柳丹，没想到就是柳红梅。她已经摘了牙套，人中的那颗痣也点掉了，整个人似乎脱胎换骨，加上一身职业装，跟当初穿白大褂的柳红梅判若两人，却跟她微信里的头像完全一致了。

梁为民坐在台下，时不时看看柳丹。柳丹也会看向他，可能并未看向他，而是看向下面坐着的一众员工。老梁觉得，她的眼神和豪哥的眼神一模一样，他唯一的疑惑在于，她是怎么如此迅速地从柳红梅变成柳丹的？主持人热情地请新任院长柳丹发言，柳丹娉婷地走向话筒，鞠躬，发表了情绪激昂的讲话。老梁和大家一起麻木地鼓掌，心里想，每周五有过的幽会，或许只是自己的幻想和梦境。

三　换户口

老梁出了烤串店，四下没看见小孙，不知道他是醉倒在路边还是已经坐车回去了。他深呼吸了几口，冬日冰冷的空气让他的胃里也有了凉意，人清醒了一些。倒了两趟车，坐了十八站地——比平时多坐了四站，因为坐过站了——老梁回到了位于大兴的家。说是家，也还是个出租屋，他之前跟人合租，每天抢厕所，后来认识一个房东，房东在一层有个小仓库，改成了一间房，他就租了这间房，享受独门独院。房租不贵，一个月一千。他一个月赚六千，房租一千，吃饭一千，还剩四千。这四千就是他的存款。老梁一年能存下五万块钱，十二个月四万八，毕竟还有点儿年终奖。

老梁看了看日历，就快放假了，心里想，小孙托的事儿年后再说吧。今时不同往日，现在冒昧地去找柳红梅，如果碰一鼻子灰，整个年都会过得憋屈。再说，自己和小孙的交情也没那么深，犯不着这么急火火地去帮他。有些事，得慢慢来。这话也是对梁为民自己说的，因为他已经感觉到，心里有些东西被小孙的话给鼓动得蠢蠢欲动了，冲动是魔鬼。他现在，早已有了控制魔鬼的法术，那就是不管对什么想马上就做的事，都再等等。如果等等还想做，那便去做，但以他的经验，大多数事等一等、熬一熬，就不想去做了。

腊月底，拿着五万块钱，老梁去北京北站买一张高铁票，两个小时后到赤峰站；出站花十二块钱打车到汽车站，再坐两个小时，就到林东镇；又从林东坐公交，约一个小时，车一左拐，二十分钟后，眼前出现一个村子，村子叫丰水山。进村那条土路，已经换成了水泥路，不过显得窄，像一条绳子，把整个村子给扎成了一个庄稼捆。丰水山是老梁的老家。

丰水山不是一座山，而是一片山。

丰水山得名，也不是因为山，而是因为丰水洞。这里地处内蒙古北部，干旱少雨，农民种的多是山地，水浇地很少，但这个丰水洞却常年有细流在洞壁上流淌，这股水旱年不干，涝年不涨，仿佛是从哪一片大水中引出的一个水龙头，永远只开到这个程度。

老梁还是孩子的时候，方圆上百里就流传着一句话，说丰水山的这个丰水洞，寒冬不冻，酷暑不干，这水是从天上来的圣水，能治百病。后来有一年，村里求雨，演京戏《西游记》，戏文里有一个水帘洞，是齐天大圣的所在，孩子们便说丰水洞就是水帘洞，时间一久，水帘洞便替代了丰水洞。

传言最盛的那年夏天,十里八乡的人们都赶着马车、步行去水帘洞接圣水,因为水帘洞的水流很小,队伍排了二三里地,像一条打了许多结的麻绳,太阳落山了,这些结还没解完。有人拎着大桶,灌满得半个小时,大家伙就不愿意了,总不能让你一个人把圣水都接了,便找一个人,掐着表,每人灌水不能超过五分钟。

梁为民的大伯梁建章也捆在麻绳上。他是村委会副主任,未来的村支书接班人。他倒不贪,就拎着一个小塑料桶,灌满能装二斤水。梁建章说,灵丹妙药也不能多吃,吃多了就不是好东西,成毒药了。人们说,梁主任,你咋还亲自排队,你到前面去加个塞,谁还敢说啥?梁建章说,不能不能,求圣水,当然得诚心诚意,自己排队才算诚。

大伯之所以在这里,是因为他想生个儿子。这会儿,他们家已经有俩闺女了,一个五岁,一个三岁,按照计划生育政策,再也不能生了。他不甘心,还是想生儿子，他怕的倒不是计划生育罚款，而是生完俩闺女之后，他媳妇再也怀不上了。他来求圣水给媳妇喝，这圣水既然能治百病，自然也该能让他媳妇生个儿子。

这一年，梁为民两岁，刚脱开裆裤，学会了自己拉屎撒尿擦屁股。

大娘喝了大伯接回来的圣水，孩子没怀上，却闹起了肚子。所有喝圣水的都闹肚子，因为说圣水不能煮开，必须原汁原味喝，否则就没了效力。大部分人闹肚子，茅房里蹲半天，便觉得身体里的秽物和晦气排泄出去了，神清气爽，胃口大开，便说圣水果然有神力。也有拉虚脱的，不得已跑到卫生院去抓药，甚至打吊瓶，这种也不说是圣水不行，而是说自己身体不行，虚不受补。大娘也虚脱了。从卫生院回来，整个人瘦了一圈，精神不振，且落下肠胃炎的毛病。大伯就叹气，说连水帘洞的圣水，也给不了他儿子，自己上辈子做了啥孽？

这时候,梁为民他妈却又生了老二,还是个小子。

大伯代表村委会来家里,一边催梁为民父亲梁建成去给梁为民上户口,一边催他缴纳违反计划生育政策的罚款。梁为民的户口本来大半年前就该上了,刚好那时候怀了老二,梁建成就想,现在给老大上了户口,老二就成了超生,不如先拖着。但孩子生下来,计生办的人得了信,还是给他定了超生,照样罚款。在梁建成家里,梁建章看着满地跑的梁为民和刚出生的小侄子,忽然有了个想法。他跟梁建成说,把老大梁为民过继给他,给他当儿子。"你要这么多儿子有啥用,儿子可是烧钱的货,到了我家,我想办法给他上户口,你家老二还不算超生了。"梁建成不敢自己定主意,说等跟媳妇商量商量。晚上,俩人躺在炕上翻来覆去地烙饼,盘算了大半夜。大伯当着村干部,经济条件好,又是本家本姓,去了肯定吃不了亏、受不了苦,自己这俩小子,将来盖房子娶媳妇,可是不小的折腾;再说了,抱养到大伯家,他就不是自己儿子了？还是。这笔账怎么算也不亏，就答应了。所以刚近三岁的小梁为民就过继到了大伯家。村里的规程是，过继之后就改口，管大伯大娘叫爹妈，管亲爸亲妈叫叔和婶。

小梁为民的确过了两年好日子，衣来伸手，饭来张口，不管是后爸后妈还是俩姐姐，都把他当成家里的宝贝疙瘩哄着惯着。后妈也就是大娘开着小卖店，除了日常杂货，还有孩子们喜欢的水果糖、果丹皮、汽水，虽然日子算不上多富裕，但总还能抠出点零嘴来给他们吃。毕竟是当传宗接代的儿子养的，后爸后妈便十分宠爱，抠出来的水果糖、饼干都先给梁为民，然后才是俩姐姐；特别是后妈，经常搂在怀里亲不够，一口一个我的儿如何如何。后妈给他温存和照顾，尤其是给他好吃的，他也就认，一口一个妈地叫，再在街上遇见亲妈时，张口就叫婶，亲妈心里一酸，想抱抱他，他却一拧身挣脱了。亲妈脸色暗着板着，回到家里跟他亲爸梁建成埋怨：真是有奶便是娘，白生他一回了,还不如生个猪娃子。说完了,立刻抱起小儿子狠亲几口。小儿子没糖吃,但嘴巴比吃了糖还甜:妈,妈,妈,一连叫,脑袋直往她怀里拱,两岁了还找奶吃。亲妈立刻心里化成一摊水:还是我老儿子亲,人啊,真是看养不看生。从此梁为民在他妈心里,就真成了别人家的儿子。

好日子过了两年多,忽然有一天,蹲在田里薅草的大娘突然感到一阵反胃,起身干呕几声。她没当回事,但过了一会儿,又干呕起来,蓦然想起这种感觉似曾相识,不像是吃坏肚子,倒像是怀孕。大娘心里咯噔一下,默默推算了一下来例假的日子,还真有可能。晚上回去,马上跟大伯说了。大伯不信,吃了那么多药都没用,连圣水都喝了,肚子还是瘪着,现在怎么突然就怀上了?不信归不信,心里总还是不踏实,于是借了辆自行车,载着媳妇去乡里的卫生院检查。大夫拿着化验单连说恭喜,还真怀孕了,两人心里又意外又惊喜。回去的路上，两人商量，这事暂时不能往外宣扬，如果将来生出来是个女孩，抱养的儿子自然还是儿子，如果将来生出个男孩来，那眼前这个梁为民说不得要送回去。自此后，他们对梁为民的关心，不知不觉就减少了，尤其是孕后期，大娘越来越喜欢吃酸的，更是由"酸儿辣女"这俗语判定肚子里肯定是个儿子，大伯时时按捺不住心中的喜悦，贴着媳妇肚皮叫，儿子哎，你赶紧出来吧，爸等不及了。甚至拿村委会的公章盖在媳妇肚皮上，说，我给你盖个红章，铁定就是儿子了。有一次，上小学的大姐新买了橡皮，梁为民看见了，非要玩儿。大姐无奈，只能给他。结果，梁为民不小心把橡皮掉在了炉灰里，好好一块橡皮烧得只剩下一丁点儿。大姐心疼得直哭，她知道，按照父母对这个弟弟的宠爱，自己得不到任何补偿。不承想，大伯知道了此事，竟然给了小梁为民一巴掌，说他是狗改不了吃屎的败家子，把几个孩子都打愣住了。

梁为民感觉到了有什么东西变了,但他又说不清楚。几个月后,大娘生产,因为有些难产,接生婆请了好几个,叫喊了一整天。梁为民骑在院子的墙头上,够刚要红的杏子,一边酸得倒牙一边跟姐姐说,妈是不是要死了呀?姐姐明白怎么回事,白他一眼说,你才要死了呢。

等到黄昏,大娘终于把超重的孩子生下来,果然是个男孩,举家欢庆。梁为民也跟着呜嗷喊叫,还不知道这个孩子一出生,自己的好日子就到头了。

刚出月子,大伯就把梁为民送回了自己家。那时候,父母也不愿意收他,因为他弟弟本来就是超生,把他过继给大伯后,弟弟梁为国就成了头胎,办户口本时占了长子的户头,也就是用梁为民的准生证上了他弟弟的户口。本来大伯当初答应要给梁为民上户口,可过继之后,赶上大伯要竞争村主任,政治上更上一层楼,也就没敢折腾这个事,拖来拖去,梁为民五岁多了还是黑户。如今梁为民一回来,再上户口,肯定又成了超生，要被罚款。不过大伯把他送回来的条件就是，罚款他出，户口他帮忙办。父亲也没法反驳大伯的理由：我现在有了亲儿子了，再把孩子留家里，不合适。我也不可能跟亲儿子一样对他，我儿子念书，他去放猪，你要愿意就行，我就当多个劳动力。父亲终是不忍，开门让他回了家。这时候，因为在大伯家住了两年，他反而对自己家生分了。尤其是弟弟，对这个突如其来的哥哥十分不满，一张床要分给他一半，所有的吃的玩的本来都是独占，现在都得分。

在大伯的周旋下，梁为民上了户口，不过他的出生年月跟弟弟换了个儿。他本是1979年生，现在成了1981年生，弟弟成了1979年生，当成虚岁，周岁按1980年算。哥哥成了弟弟，弟弟成了哥哥。他在大伯家那两年，村里刚好搞联产承包，合作社解散了，田地和牲口分给了个人，梁为民因为不在户头上，没分到地；这么说不准确，应该是他那份地因为户口的关系，分给了他弟弟梁为国。

梁建成觉得自己吃了大亏，儿子白给梁建章叫了两年爹，回来连一亩地都没分到，又去找他理论。梁建章一摊手，说我也没招，你也看见了，分地都是公社的人主持的，我这个村主任啥权力没有。梁建成回去，郁闷地喝了几碗苞谷酒，他媳妇见他窝囊，又瞅见梁为民在旁边和泥玩，泥点子溅得到处都是，气不打一处来，拎起梁为民到大伯家门口大街上。梁为民他妈一把扯下梁为民的裤子，对着那两瓣黑瘦的屁股就是一顿鸡毛掸子。打是真打，但她本来倒也没想打得多狠，可鸡毛掸子一下去，梁为民嘴里一哭号，她对大伯家的种种不满、对梁为民曾经忘恩负义的火气就积攒到一块，腾一下着了火，手下就没了轻重，噼噼啪啪，梁为民的屁股给抽得红肿一片。梁为民叫唤得嗓子都哑了，大伯家也没人出来，是旁边的邻居实在看不过，伸手拦住了梁为民他妈：再打，孩子就让你打死了。他妈鸡毛掸子一扔，坐在地上哭号：我上辈子做了什么孽啊，我生个儿子管别人叫妈，看见我眼皮都不抬一下，别人不要了，就把他一扔，吃没吃喝没喝，一分地都没分到，还不如把他饿死算了。

到天黑，大伯家的屋门也没开一条缝。

那天晚上，大部分人家熄灯了，梁建章悄悄进了梁建成的院子。他带来几贴膏药，让给趴在炕上不敢翻身的梁为民贴上。梁建章跟梁建成说，白天出去走亲戚了，家里一个人没有，不知道为啥打孩子，晚上回来才听人说的。还说毕竟管我叫了几年爸，看着打成这样，心疼。

梁为民妈冷哼一声，她看得清楚，晚饭时他们家烟筒还冒烟了。

梁建章说，分地的事是真没办法，但是我跟村委会那儿争取了，你们家西坡地的底边，有一块撂荒地，是个不规则的三角形，可以自己收拾收拾，随便种点什么。等过两年，村里谁家老人没了，地空出来，第一个给为民分。

事已至此，梁建成也只能认，跟媳妇两个人跑到西坡那块荒地，花了一整个冬天才把杂草除尽，把土里大大小小的石头挖出来，拉回家里，垒了半面猪圈墙。第二年开春种地时，还是让漏网的石头崩坏了犁铧，拿去让铁匠炉焊，花了二十多块钱。谷子种下去，放苗的时候，就比旁边的正经地矮，多施肥、多浇水，到了秋天收秋，还是矮，谷穗又小又细。再割回去，用碌碡滚了许多遍，用木锨迎风吹去谷壳，米粒小，发白。捞出来的干饭，吃着像吃稗子草籽。每次吃，为民妈都冷哼一声敲敲桌子：梁为民，瞅瞅你这块地打的粮食，喂猪猪都不愿意吃。梁为民大气不敢出，头埋在搪瓷碗里扒拉饭。碗里已经没米粒了，只听见筷子划碗底的刺刺啦啦声。全家人里，大概只有梁为民觉得这块地打出来的粮食跟别的粮食一样香甜。但是他心里头满是委屈：又不是我要去别人家的，是你们把我送走的，咋都怪我呢？但这委屈他不敢说，甚至也不敢表现出来，但凡露出一点儿这种苗头，他妈必定会借题发挥一下。梁为民心里也多少明白了，自己在大伯家这两年，的确表现得"乐不思蜀"，也就怀着些愧疚，对他妈老是针对他表示了理解。许多年后，等他到了他妈那个年纪，才更明白他妈的心态，人到中年事事哀，却又没处发泄，如果跟他爸念叨，两人就得吵架甚至打架，正好有梁为民这个现成的活靶子，子弹不往他身上飞往哪儿飞？

四　兄弟俩

1988年，梁为民和弟弟梁为国一起上小学，还在同一个班。不过在老师和同学眼里，他是弟弟，梁为国才是哥哥，学籍上的出生年月写得明明白白。老师交代个什么事，都说：梁为民，你跟你哥一块去给炉子添点煤；梁为民，今天放学你跟你哥留下值日。一开始，梁为民还挣扎：老师，我比他大。老师多少也听说过他们兄弟俩的事，就说，好好，你大。可下一次，老师还是这么说，说着说着，他习惯了，大家都习惯了，这也就成了真的。更关键的是，梁为国学习成绩比他好，人乖嘴甜，谁都喜欢，还是个副班长，派头拿得比班长还足，同学也自然而然觉得他更像哥。

梁为民因为当了两年过继儿子，再回家后总是感到自己是个外来的，很多事很多话，梁为国和爸妈说得热乎朝天，他在边上听不明白，心里就惴惴的。时间一久，他在这个家里的存在感越来越淡，吃饭的时候，他妈只拿三只碗三双筷子到桌上。三个人扒拉半碗饭，才发现旁边还瞪眼坐着一个梁为民，就说，要吃饭不自己拿碗拿筷子，还等谁伺候？你以为你还是别人家的少爷独苗呢。梁为民跳下炕，趿拉着鞋去柜橱里找碗和筷子，又到饭盆里盛满满的一碗饭。不管什么时候，他只吃一碗饭，怕吃多了招人嫌，所以他有时候看见他妈少拿了碗筷，也不提醒，好等着自己盛饭，能盛得满满当当。

父亲对他和弟弟倒没那么大差别，当然算下来，还是更宠梁为国，这家伙每天晃荡在他身边，爸爸爸爸叫着。父亲干活回来，他第一时间给他舀一瓢凉水，学着样子帮他捏捏肩膀，其实总共也捏不了十下，但梁建成还是心里舒坦，觉得这个儿子知道心疼自己。这时候，梁为国趁热打铁，把自己考了一百分的卷子，或者是满篇对钩的写字本递给他。梁建成满意地在他脑门上弹一下：嗨，我们家这是要出文曲星了。转头又问梁为民，你的呢？梁为民便把自己揉得皱巴巴的试卷和卷边的本子递过来。卷子刚及格，写字本里的字被老师圈的大圈小圈，都是写错的或不标准的。梁建成眉头一皱，想发火，但及时控制住了，他心里想的是：怎么也不能俩孩子都是文曲星，一个聪明一个笨，也不亏了。

到了二年级，梁为民终于忍不得梁为国事事都压自己一头，想打个翻身仗。他的希望来自隔壁班的一个姓张的同学，张同学因为户口问题，上学晚了一年，但聪明好学，一年级刚结束，他已经自学到了三年级的水平，期末考试考了全县第一，一下子直接跳级到了三年级，反而比他班上的同学还高了一个年级。梁为民心里盘算，如果自己努力学习，到二年级期末考个全县前三名，那他也能跳一级，直接读四年级，这样就比梁为国高一个年级。

他真下了苦功夫，放学回家，在灶坑烧火都抱着语文书背课文。灶膛里填进去半捆麦秸秆，他一手捧着书，一手用烧火棍通灶膛，如果这时屋顶上空刚好一股风吹过，风倒灌进烟筒里，又顺着烟筒吹回灶膛，闷在灶膛里的秸秆就会腾地一下燃起一团大火，并且随着风从灶膛吹出。火苗蹿得很高，把梁为民的头发烧焦一缕，甚至将他手里的书本烧掉一角。

很可惜，不管他下多大工夫，花多少心血，期末一考试，成绩也还是那样，不但考不进全县前三，连全班前三都考不进。梁为民心里不甘又无奈，他想不明白，自己这么努力，怎么成绩就上不去呢？倒是梁为国，始终能和一个女生交错着霸占前两名。

父母看着兄弟俩的试卷，亦喜亦忧，喜的自然是梁为国的一百分，忧的却不是梁为民的成绩，而是他妈那句话:这孩子怎么回事,就在别人家过了两年,咋啥啥都随他们家呢?他妈的意思是,梁为民笨,这笨跟她和梁建成无关,而是和梁建章有关。她这种想法也不能说没道理,毕竟梁建章家俩姑娘,没有一个学习好的,等后来生的小儿子上了一年级,成绩更差,稳居倒数第一名。梁为民不吭声,心里想,这还不算完,还有机会,只要他在考大学之前能跳一级,就能超过梁为国,夺回本该属于他的老大的位置。

这个心思,梁为民没有跟任何人透露过。

到了初中,梁为民成绩提升了,梁为国的成绩则下滑了。原因也简单,梁为民有要夺回老大位置这件事吊着,时刻不敢放松,日积月累,基础自然扎实,虽然不至于一下子名列前茅,但稳步提升也是理所应当。而梁为国因为当惯了学霸,到了初中有了更厉害的对手,心态不适应,再加上初中开始在镇子上读,可玩可看的东西多了,也时常被同学拉着钻进游戏厅里打游戏,心思渐渐散了,成绩下滑自是必然。这一个当然一个必然，两兄弟便经常在班级二十名左右相遇，有时候你超我两名，有时候我落你三名，一直到初中毕业。

在二十世纪九十年代中期，丰水山附近十里八村还没有过大学生，哪个村里出一个中专生，已经是祖坟冒青烟，值得请放映队放场电影庆祝了。按家里的想法，兄弟俩的成绩考中专肯定没希望，考高中则有戏，但是高中读完考大学又成了比考中专还难的事，所以算下来最经济的做法就是就此辍学，出去打工或回家种田。两人都不想继续种田，但各自心思不一样，梁为民想考高中上大学，万一考上了，他就是村里的第一个大学生，从此一雪前耻；而梁为国则已对念书毫无热情，一心想着去深圳、广州的电子厂打工，村里过年回来的打工人向他描述了那里的繁华和热闹，他早已蠢蠢欲动。

不过，梁建成对哥俩的前途有自己的主张，他和媳妇商量，俩孩子不能都种地，也不能都出去打工，梁为国毕竟聪明，就是这几年玩野了，如果能上高中，收收心，说不定真能考上大学。梁为民老实，再努力成绩也到顶了，不如直接回来种田，留在身边养老。本来，按照村里的规程，都是把大儿子送出去打工出副业，小儿子留在家里照顾老人。但这个家里毕竟名义上梁为国是老大，梁为民是老二，这么安排也说得过去。

中考前，梁建成把俩儿子招呼到跟前，媳妇在炕梢给他俩缝裤脚。这俩孩子长得快，裤子穿三个月，裤腿就短了，为民妈就找一条旧裤子，把裤腿截下来一段，接在现在穿的裤脚上。这哥俩的裤子就随着身高一点一点往上长，裤腿像是各种颜色的套圈摞起来的。不过，裤腿能接，裤腰接不了，以至于他们的裤腰都比较低，一猫腰就露出半个屁股来。裤子穿在身上，总觉得要掉下去，梁为国对此倒是表示欢迎，他已经从录像厅里看到了城里人穿的低腰裤，觉得自己正好赶上这波潮流。梁为民不适应，总觉得腰上凉飕飕的,习惯性地提一下裤子,但其实裤子没往下掉,只是裤腰短,他再使劲提也没用。

梁建成跟儿子们说了自己的安排,俩人都梗着脖子不搭话,一个往左边梗,一个往右边梗,像一棵树上不同方向的两根树杈。兄弟俩对父亲的安排都不满意,又不敢说,各自心里琢磨。梁为国想的是怎么磨叽他妈,让他妈同意他拿到初中毕业证就出去打工,见识花花世界。梁为民想的是另一件事。他知道,父母的撒手锏是报名费,只要不给他中考报名费,他考高中的愿望就不可能实现。不过他早就留了一手,这几年把自己仅有的零花钱,还有捡麦穗、捡废铜烂铁、夏天挖药材卖的那点钱一直攒着。他其实并不是为报名费攒的,只是从小的家庭地位让他早早学会了未雨绸缪,觉着手里攒点儿钱,说不定什么时候能用上。

现在就到了用的时候。可惜,道高一尺魔高一丈,他自己偷偷交钱报了名,却不知他爸早就料到了这一招。也不是梁建成能掐会算,而是梁为国从老师那儿知道了这件事，为了讨好父母就告诉了他妈，他妈告诉了他爸。梁建成去了一趟学校，跟老师说梁为民的报名费交错了，这钱其实是给梁为国报名的，参加中考的不是梁为民，而是梁为国。老师很为难，梁为民报名的时候他问过，孩子特意说这钱是自己攒下来的，还让他保密。他没给保住密，催梁为国交钱的时候说漏了嘴，现在让他偷桃换李、暗度陈仓，太对不起梁为民。但是梁建成是家长，家长的意见也不能不尊重，左右不好办。

等到中考前几天，兄弟俩都拿到了准考证。梁为民那个，最后是老师自己替他出了报名费，不过没给他报高中，报的是中专，心里想反正考不上，也算对他和他父母都有了交代。考试那天，吃过早饭，梁建成用借来的自行车载着梁为国，从家里去往镇上考试。梁为民不敢让家里知道，自己背着书包从山路跑，差五分钟开考才气喘吁吁进了考场。

梁为民走出考场，迎面碰上在外面等着的梁建成，知道这事瞒不过去也没必要瞒了。梁建成瞧见他，明白怎么回事了，事已至此，倒也没说什么，两个人一起等梁为国。梁建成吧嗒吧嗒抽烟，梁为民踢着一个小石子转圈，梁建成白了他一眼，他立刻不踢了，把石子碾在脚下。直到看门的老头锁大门，也没见梁为国出来。梁建成赶紧过去问，老头说早就清场了，现在学校里一个人都没有。梁建成蒙了。这时候，有一个跟他们同级的孩子跑过来，问梁建成：你是梁为国他爸吧？梁建成点头。那孩子递给他一张折了两折的纸，他打开，上面写着一行字：爸，我跟同学去深圳打工了，我一定赚大钱回来，给你盖大瓦房。纸条下还有一张纸条，是一张欠条，写着欠谁谁二百元，让他爸把钱给还了。这钱看来是借去跑路的钱。

梁建成脑袋忽悠一下，天上的云快速地旋转着流动起来，学校浮到了半空中，砖头瓦块噼里啪啦往下掉。梁为民伸手扶了扶他，顺眼看见了纸条上的字。

其实，梁为民知道梁为国计划在考试这天离家出走，但是他没跟梁建成说。一是怕说了自己就考不成试；二是觉得梁为国只是一时冲动，根本没那个胆量。没想到他真走了，他心里一阵轻松，也一阵不安。他走了，自己就是这个家里唯一的儿子了，如果他在外面出点什么意外，那……他不敢往下想，但心忍不住跳得厉害，脸上一阵红一阵白。

梁建成还以为他在担心梁为国，叹口气，拍拍他说，没想到你还这么关心你弟。

梁为民听了，差点流出眼泪，这是这些年来，他爸第一次说梁为国是他弟，而不是他哥。

回去路上，梁建成没骑车，推着车走，梁为民也就只好跟着走。一路上，梁建成都在琢磨，梁为国哪儿去了呢？跟谁走的？快到村口，他停住了，回头看梁为民，好像要从他脸上看到答案。

梁为民把头扭了扭，不敢跟他爸对视。看了一会儿，因为光线暗，也因为心里头其实没谱，梁建成不看了，突然狠狠地骂了一句，他妈的，他可真敢，一下子借了两百块钱。

梁为国离开之后,梁为民的日子并没有多大变化,甚至更糟了。他妈把小儿子离家出走的罪过都算到了梁为民头上,认为是他非要考试把梁为国给逼走的,还催着梁建成去找,可天大地大、人海茫茫,哪里去找?

一个月后,邮差一下给家里送来两封信,一封是梁为民考上了赤峰卫校的通知书,一封是梁为国的信。梁为民有运气,重新组建的赤峰卫校第一年招生,没什么人报名,为了招满额,分数线降了又降,梁为民被卡线录取。梁为国在信中说,自己跟同学到了深圳,已经在一个电子厂上班,流水线,每天给电子板焊电路,一个月四百块工资,干得好,一年后当小组长,一个月就有五百。"我要发大财了,爸妈,"他在信中踌躇满志,"等我赚了足够的钱,我就回去给你们盖三间全砖的房子,给我妈买裙子、雪花膏、擦手油,给我爸买带过滤嘴的香烟、玻璃瓶的白酒。"他也没忘了梁为民,"还有我弟,他要考上中专,以后的学费我包了。"

"我们学校不要学费,还发生活补助呢,我上学不用家里一分钱。"梁为民说。这是他的底气,更是他对那句"我弟"的不满。

这句话确实硬气,他爸他妈没法对此质疑,只能念叨:也不知道为国在那边累不累,吃不吃得惯。或者两个人互相说,唉,这要是两个儿子都跑出去,咱俩老了病了没人管,直接喝一瓶敌敌畏,死屋里干净。躺在炕梢假寐的梁为民不接他们话茬,他知道,这些话里的意思,还是想把自己留下。他不会留下的,虽然没能如愿考上高中,能上个卫校也不错,只要离开这儿,哪儿都是广阔天地。

五　错中错

　　四年后，梁为民卫校毕业，身份证上他刚十八，实际年龄已经二十了。除了必须看证件的时候，其他时间，他对人都说自己二十。这四年，他学了点儿东西，可也不多，他那点儿天分一到真正的专业学习上，立刻显得捉襟见肘。他还是肯花力气，但有些东西要靠悟性，死记硬背能记下不少知识，可看病尤其是中医这个领域，个人的灵性和灵活性更重要。都是感冒发烧，对不同的人就要用不同的药，梁为民能把药方多少克、谁和谁相冲背得清清楚楚，却不会随机应变做调整。于是，四年下来，所有知识性的考试，他都能拿个七八十分，所有实践性的考核，他只刚刚及格。他那点锐气全都磨没了，也知道自己天分如此，不可强求，只劝慰自己，及格就是刚好，刚好也是好。让他没想到的是，毕业时不包分配了，全部推向社会自主就业，那群同学里，谁有医院的门路就去医院，谁有卫生系统的资源就去卫生系统，啥都没有，哪儿来的回哪儿去，自谋生路，自求多福。梁为民无处可谋，折腾一圈，又回到了丰水山村。他毕竟有个卫校毕业证，很容易在县里申请了一个执照，在村口开了家小诊所兼小药店。无论如何，是不用跑到田里，顺着垄沟受苦受累了。

二十岁的梁为民每天坐在诊所里一张从小学淘汰下来的榆木桌子后面，给村里人号脉、开药、打针、输液，跟全中国其他村里的赤脚医生没什么分别。不过，由于谨小慎微的本性，他只看小毛病，开药也是尽可能按最低剂量开，三天能好的，他给治到五天。

时间久了,村里人自然不满意,别人治感冒,顶多吃一个星期药,你这咋吃十天?我这不是得多花三天的钱么?他倒是提前想好了应答,拿出药盒,从里面找出一张薄薄的药物说明书,指着用药禁忌和副作用说,你瞅瞅,是药三分毒,下药猛,病当然好得快,可是中毒也深啊。咱们这又不是大毛病,多吃两天药怕啥?药不在多也不在少,而在刚刚好,是吧?众人听了,觉得也有几分道理,关键是村里就这一个大夫,除非你再走几十里去镇上卫生院。没人愿意舍近求远,久而久之,便也都习惯了他的慢,甚至有时候还说,梁大夫性子慢,但是稳当。

村里只有一个人不在他这里看病抓药,就是他妈。他妈觉得他可能给自己下毒。这当然是杞人忧天了,别人都不相信,只有他妈一个人言之凿凿,这孩子从小就有心眼,变着法地把他哥弄走,他自己考了中专。再说了,他恨我。梁为民也不解释,他知道解释没用,他妈的病,根儿还在梁为国身上。当年,梁为国跑到深圳打工,头一年还往家寄钱,第二年钱就越来越少,到第三年,不用说钱,连信也几乎没有了。梁为民快要毕业前,梁为国回来了。他不是一个人回来的,还带来一个女子,说是自己在外面谈的媳妇。这媳妇说一口谁也听不懂的话,梁为国说那是南方话,至于是南方哪儿的话,他也说不清。他俩在一起有段时间了,连比画带猜,能明白彼此的意思。说是媳妇,但这个女子是外来的,没有户口,也办不了结婚证。办不办证其实不重要,只要他们住在一块儿,再请亲戚朋友吃个饭,也算是结了婚。既然结了婚,他妈便不想再让他们去打工,把二人留在了村里。梁为国不爱干农活,他毕竟去过大城市,见过大场面,知道现在时兴什么,拿打工赚的那点儿钱,到城里买了一个台球案子,摆在村口的广场上,五毛钱一局,十块钱包场半天。后来,他的台球生意收费更精细化,一分钱击打一次球,要不然有的人一局球就能打一个下午。连那些只有几毛钱的半大孩子也忍不住试一试,叮叮当当,只几下，零花钱就进了梁为国的腰包。梁为国搬一个树墩凿成的小凳，坐在旁边，嘴里嚼着早就没了甜味的泡泡糖，每隔几秒钟吹个泡泡。泡泡吹起来，瞬间破了，泡泡糖粘在他的鼻子上，他就伸舌头，把泡泡糖舔进嘴里，继续嚼。如此循环往复，不休不止。他带来的那个媳妇，后来喝多了酒说漏嘴，其实不是中国人，而是从南边哪个国家来的，叫阿妹。在他的酒话里，演的是一出英雄救美的戏码。阿妹家里困难，有人介绍她偷渡来中国打工，来了之后，所有的钱和证件都被介绍人收走。梁为国和阿妹就是在工厂认识的，有一次，阿妹被厂里的小混混欺负，梁为国路见不平拔刀相助——是别人拔刀，他胳膊上被划了一道口子，好在人确实救出来了。他喜欢上了这个小个子女孩，阿妹既感激他的相救，又因为举目无亲，两人迅速熟络。后来厂子倒闭，厂长跑了，介绍人也不见踪影，阿妹无处可去，加上她又没正式身份，梁为国思来想去，能走的路只有一条：回家。阿妹也只好跟着，她清楚，回家就意味着他们正式成了一家人，再也回不到自己的国自己的家了。可她别无选择。

一开始，家里人村里人都不习惯这个阿妹的称呼，叫她为国媳妇，她听不懂，叫她阿妹，她就抬头笑笑，渐渐大家也就叫惯了阿妹。阿妹能干、勤快，深得婆婆的欢心。为民妈带着她下田薅草，阿妹干得比她还快，还仔细。梁为民他妈在后面看着她撅起的大屁股，心里十分欣喜，大屁股生儿子，更重要的是这个媳妇身体好。城里人不知道，农村人娶媳妇为啥要娶大屁股、身体健壮的，以为只是因为"大屁股生儿子"的笨想法，其实还有其他考虑：身体好，也就能干活，能干活就会过日子；还有，身体好的人，没那么多矫情，也不容易生病，生病不但不挣钱，还要花钱。谁家里愿意整天养一个病秧子呢？

有阿妹跟着父母种田，操持家里，梁为国安心地做他的台球生意，赚点儿钱，买一瓶雪花膏哄媳妇，买二两小蛋糕孝敬他妈，再打两斤散白酒孝敬他爹，剩下的他都自己抽烟喝酒啃猪蹄，隔十天半个月，他骑摩托车跑林东镇，录像厅里看一整宿录像，后来网吧开始流行，他就在网吧里QQ聊天，第二天黑着眼圈回村。他妈整天围着小儿子和儿媳妇转，没有工夫管梁为民，梁为民也觉得自己跟家里人不亲，不想热脸去贴冷屁股，渐渐习惯了一个人生活。过年的时候，他会回去，跟他们一起吃顿团圆饭，点两个爆竹，看着它们在深黑的夜空里炸燃，急匆匆地发出一声吼叫一点光亮，然后坠落在大地上。饺子一吃完，他便回到自己的小诊所，把炉子烧热，用铝饭盒热点谁家杀猪时给的杀猪菜，再摆几颗花生，一个人看春节联欢晚会，喝二两酒，然后在零点的鞭炮声中沉沉睡去。睁开眼，又是新的一天，新的一年。生活循环往复，好像能永远如此。偶尔，他也会盯着病人滴答滴答的输液瓶想，自己的重复和梁为国的重复，不是一回事。但具体有什么不一样，他一时也想不清楚。

一年秋天，大伯梁建章家铡干草，就是北方农村人家，把收完的谷子秸秆，用一种专门的机器铡成两厘米左右的小段，存在仓子里，冬天的时候用来喂牛羊。大伯家养了二十只羊，每年秋天都得铡一仓房干草。柴油机突突突摇着了，铡草机轰隆隆转起来，大伯发现人手不太够，就喊旁边玩的大丫头的儿子、自己的外孙毛豆：去二姥爷家找你大舅来帮忙铡草。毛豆得了令，飞奔而去。他先是碰到了梁为民，他刚给一个突然犯高血压的人输液回来。梁为民问他，毛豆，跑什么呢？毛豆说，舅啊，我姥爷找你去帮忙铡草。梁为民自从当年离开大伯家，对他家便心里存了怨气，不想去给他们帮忙。便说，你姥爷咋说的？毛豆说，我姥爷让我找大舅去帮忙铡草。梁为民说，毛豆啊，你忘了从小你喊谁大舅啊？毛豆忽然反应过来，说，哦，我知道了，你不是我大舅，你是我二舅，我大舅在村口打台球呢。梁为民掏出一块酸酸甜甜的山楂丸给他，说，聪明。

毛豆嘴里含着山楂丸，继续跑，跑到村口看见因为喝酒整天红着面孔的梁为国，便说，大舅大舅，我姥爷让你去帮忙铡草。梁为国一愣，心想自己也没咋干过这活啊。刚好那会儿没人玩台球，他又好热闹，知道干完活肯定要吃饭喝酒。一吃饭喝酒，人们就会问他出去打工的事，问他广州什么样、深圳什么样，还问他到底是怎么把不知哪国的媳妇拐到内蒙古来的。他就能借着酒劲跟他们一通胡侃，附以网吧看来听来的各种新闻，把那些人听得惊叹不已。在这真真假假的胡侃里，梁为国能感到一种特别的快乐，仿佛他又重新出了一趟门。现如今不用真出门了，他只要能上网，就能知道天南海北的事。他计划着，等攒够了钱，自己也买一台电脑，摆在台球案子旁边，有人打台球，有人打电脑游戏，那才叫热闹。

梁为国抱着两根台球杆，让毛豆把花花绿绿的十几颗球装进袋子拎着，两人一起往梁建章家去。毛豆得了拎台球的活儿，心里升起些骄傲，把嘴里那颗糖嗦得吱吱响。

梁为国一到，大伯也愣，他本意是让毛豆去找梁为民，在他的想法里，梁为民才是老大，但是毛豆他们从小被梁为民他妈教育，喊梁为国大舅，喊梁为民二舅。在孩子眼里，大舅只有一个，就是梁为国。来也来了，他大舅他二舅都是他舅，这种活年年干，没多难，很容易上手。

梁为国凑到铡草机跟前，看了两眼，说，我还当多难呢，简单。便开干，他很快掌握了技巧，干得很溜，心里头有点小得意：我妈老说我不会干活，这有啥呢？

半个小时后，惨案发生了。梁为国毕竟喝了酒，更主要的是别人干活都穿轻便衣服，把袖子挽起来，他穿个的确良衬衫，袖子老长，让他挽上，他说不用，这样更潇洒。结果，铡草机的齿轮咬住了他潇洒的袖子，还没等他反应过来，就把他整只左手碾进了铡刀里，喊里咔嚓，骨头太硬，憋灭了柴油机。梁为国哀号惨叫，旁边干活的人都吓傻了，半天才反应过来，大喊救人啊，救人啊，可又不知道怎么救人。这时摆弄柴油机的师傅从屋里奔出来，看了一眼，心里知道完了，梁为国的手保不住了。他用最快的速度把铡草机拆开，梁为国已经疼晕了过去，刀片和齿轮上都是碎肉碎骨头，地上的干草一片血红，血腥味飘满场院。梁为民这时候也拎着急救箱赶来了，迅速给梁为国包扎，又用一个大塑料袋把混合着碎手的干草一股脑兜起来，大喊，快，去林东县医院。

有人找了一辆皮卡，众人把梁为国抬到车上，头下垫着一床被子，防止颠簸时碰撞。车一发动，他悠悠醒来，嘴里哀号着疼，还没意识到自己没了一只手。

那只手毫无接上的希望，那甚至已经不是一只手，而是一堆手了。当梁为民恳求大夫一定保住梁为国的手时，县医院的外科大夫笑了，因为是同行，偶有业务上的交流，他认识梁为民。他笑是因为你梁为民好歹也是个大夫，怎么会说这么没谱的话？这手别说在县医院，你就是到北京到上海，甚至到美国去，也不可能接上。

两个月后，梁为国出院回家，整个人都颓了，阴郁里是一股破罐子破摔的劲儿。他的台球，他的电脑梦，统统随着那只手灰飞烟灭。他妈更颓，但他妈的颓包含着恨，她第一个恨的是梁为民大伯家。不是你们家铡草，我儿子怎么能丢一只手？大伯家当然是理亏的，治疗费住院费肯定要出，除此外，又凑了些钱送过来。梁为民他妈把钱丢出去，不过没丢到大街上，而是丢到了门口往里一点。丢到大街上，大伯肯定就要捡起来，丢到门里一点儿，既表示了她的不屑不接受不甘心不忿不满，又能在他走了之后捡回来。这样拿回来和直接接受是完全不一样的，直接接受就表明赔偿已经结束，而这样拿回来就说明你们的赔偿远远不够，你还要持续不断地赔下去。

他妈第二个恨的，是梁为民。为什么是梁为民？因为她已经打听清楚了，大伯最开始让毛豆喊的是梁为民，梁为民不承认自己是大舅，说梁为国是大舅，毛豆才又喊了梁为国。或者说，就算应该有一个人丢一只手，也应该是你梁为民，不是梁为国。如果你梁为民去了，这事可能就不会发生，谁的手也不会丢了。不是嘛，每年村里都铡草，铡了几十年了，别人怎么都没铡掉一只手呢？连根手指头都没少啊。恨着恨着，想法就更多了，她甚至觉着梁为民来急救时是故意拖延，让小儿子的手错过了最佳接上的时间。她跟梁建成如此念叨，梁建成说她疯了，这怎么可能？为民再不满，也不会这么狠毒的。她说怎么不可能，梁为民恨咱们，他小时候被送人，后来回来后妒忌我们对为国好，他想考高中你也不让，把报名费截留了，等等等等，这些事他都一直记着，心里头恨咱们。有恨就有报复，他就是趁机故意报复为国。

梁建成叹口气，心里乱得像暴雨过后的麦地，一片枝枝蔓蔓，还都沾泥带水。

梁为民尝试跟他妈解释，但他妈不听他的解释，甚至说，你越解释就说明你越心虚。后来，他也就不再解释了，但他自己心理压力挺大，他妈对他的怀疑虽然毫无道理，可在逻辑上，的确是自己让毛豆去找的梁为国，然后梁为国断了一只手。

梁为国住院那些天，是梁为民和阿妹轮流陪床。阿妹比他们想的坚强，知道梁为国断了手，没掉一滴眼泪。婆婆心里嘀咕：这个媳妇是不是对为国没什么感情？只是阿妹对梁为国照顾得无微不至，几乎是日夜守候在医院里，她也说不出什么。

不陪床的时候，梁为民自己躲在小饭馆里喝酒，喝着喝着，浑身发抖。他脑海里老是梁为国那一堆碎掉的手混合着干草的样子。在医院里，当医生宣布绝不可能把碎手拼好接上之后，塑料袋里那些碎片瞬间失去了血色，从一只手变成一堆毫无生气的骨头和肉。他拎着那个塑料袋，不知该怎么办好。他不可能丢掉它，因为梁为国醒来之后肯定会找自己的手，即便接不上，他也会找。他就一直拎着弟弟的手住在医院旁边的小旅馆里，晚上，他会梦见自己窒息，在几乎死去的边缘又惊醒过来。那只手放在床底下，同时也在他的脖子上，只要他睡着，它就会扼住他的喉咙。

后来，梁为国从手术中醒过来，终于明白自己的手接不上了，哭了几天。

梁为国说，哥，我的手呢？

这是这么多年，他第一次喊梁为民哥，以前他都喊梁为民老二，从外面回来后就喊他大民。这个大民叫得委婉，既不是哥也不是弟，但大字多少还算是有点对梁为民的尊重。

梁为民指了指地上的塑料袋。袋子已经有一种腐味，他不得不又套上两层，尽量系得紧一点儿。

梁为民说，都在这儿呢，我一直随身带着。

梁为国看着塑料袋，嘴唇动了动。

梁为民知道他的想法，说，你别看了，看了更难受。如果你实在想看，就看看自己的右手吧，左手就是右手颠倒了个儿。

梁为国闭上了眼睛，说，左手就是左手，右手就是右手。

又过了一会儿，叹口气说，找个地儿埋了吧，看着闹心。

梁为民没把那只手埋掉，他托人找到镇子上的火化厂，让火化工把它炼成了灰，装在一个小瓶子里。他把小瓶子给了梁为国。

你自己好好留着，将来你老了，放在一起。你总不能死了之后还少一只手。梁为民说。

梁为国找了根红头绳，把小瓶子拴住，挂在自己怀里，像挂了一块怀表。

因为长期失眠，梁为民的精神状态很差，三天两头给别人拿错药，输液的时候看不清血管，平时两三次就能扎上的针，有时候要六七次。村里人说，老天爷带走了梁为国一只手，好像还带走了梁为民整个的魂儿。针多扎两次没事，但药用错一次就完了。梁为民没想到，还有更大的事故等着他。

村里有人肺炎发烧,要输青霉素。他记得青霉素过敏的事,按照流程给那个五十岁的妇女做了皮试,没问题。这一次血管找得准,一次就把针头扎上了,青霉素和葡萄糖滴滴答答输进妇女的血管,不到五分钟,就起了严重的过敏反应,他一边急救一边打电话找车,没等送医院的车开来,人就没气了。梁为民一直想不明白,自己明明做了皮试,不过敏,怎么一输液就过敏了呢?无论如何,人没了。但是在农村,人们认为大夫有责任,但妇女自己也有责任,她的责任就是她命该如此。梁为民把这几年赚的所有的钱都赔给那户人家,关了诊所和药店,他只能离开这儿,他没脸在这儿活了。人们已经在传说,他是一个天煞孤星,他不但克了梁为国一只手,还害了村里人一条命,只要他在,大家不定遭什么灾祸。

在离开丰水山村去沈阳的长途客车上,他突然间想明白皮试的事儿了。那段时间,他一直在忙着照顾梁为国,早就忘了皮试的有些药过期了,根本试不出是否过敏。

梁为民看着车窗外连绵的山，忍不住苦笑了一下：看来，他的责任也是他的命。

想明白这一点，他心里松快了不少，瞌睡还是不来找他，他就想起自己念卫校时的许多事。

几年前，他刚去卫校上学时，怀着逃出山沟的激动，觉得自己也许就此有完全不同的人生了。尽管那所学校是在赤峰市的郊区，偏僻、荒凉，离最近的小镇都有二十公里，比丰水山村到林东镇还要远，但是，他看着那新建不久的红砖青瓦的房子，还有贴着白色瓷砖的五层教学楼，心里仍止不住激动。上课下课时，响彻整个学校上空的电铃声也是高亢悦耳，比他在初中所听到的敲钟声要好听。更让他激动的，是看见那些从赤峰各地而来的学生，甚至还有自治区乃至外省市的人，他们的神态、口音和穿着，都让他有突然置身万花筒的感觉。

宿舍里八个同学，两个来自赤峰郊区，四个来自赤峰的其他旗县，还有一个是通辽的，一个是河北承德的。按实际岁数，他应该排行老大，但是他实在不好说自己和弟弟的年龄互换，其实比身份证和学籍上的年龄大两岁的话，便默认了1981年出生——如果他是1979年的话，会被辅导员选为班长，班主任的选择标准十分简单，就是找年龄大的。"年龄大的稳重"其实毫无道理。这让梁为民遗憾了半个学期，直到后来班级的同学熟络起来，特别是同级的女同学们，明显对80后的同学更热情一些，他又感到年轻一点儿的庆幸。

梁为民读卫校，父亲不置可否，但本心还是高兴的，母亲却十分不满，因为家里少了一个计划中的劳动力，还是只有他们老两口侍弄那十几亩山坡地。年岁时好时坏，有时一整个夏季都是干旱，太阳仿佛把全部的热量都给了这一个村子，只有水帘洞里还有阴凉，石壁还滴着水，可那点儿水像是输液管最后那点儿药，滴滴答答，什么也救不了。

神仙也渴死了。人们说。

村里的土井有一半都干了,水管又往地下砸了四五米,也只打出浑黄的泥沙。梁为民他妈一边在烫脚的地上薅草,一边咒骂,有时候是咒骂他爸爸,说的还是晚上睡觉的事,骂他能吃、爱放屁,睡觉打呼噜、窝囊。有时候是骂老天爷,说它瞎了眼,不下雨,这是要收人。更多的时候,则是骂梁为民:"败家子啊,念完初中还不行,还跑出去花钱。你看前头老孙家的两个儿子,赶着马车,从十几里外的水库拉水浇地,我看到了秋天,咱们全家就饿死吧。"没什么新鲜话,如果有一些天没有骂梁为民,那一定是他从自己的生活费里省下一点钱,汇到了家里。她用那些钱去代销点买黄油饼干和大山楂丸,逢人却说这是小儿子梁为国孝敬的,对梁为民只字不提。

晚上,躺在土炕上睡不着,他妈听着他爸的呼噜声,以及老鼠从地角跑过的声音,心里会生出一些愧疚,想梁为民其实没做错什么事。但是想着想着,便又想起小儿子远在千里之外，责任又都归在梁为民身上了，心下不免再次生出愤恨。偶尔，她会觉得自己这种愤恨来源于她几十年一直治不好的哮喘，来源于她从小就过的苦日子，来源于她生活里的一切，可是她得找一个具体的憎恨的对象才行，总不能每天对着虚空咒骂。她不太敢往下想，想深了，她就谁也不敢恨、不舍得恨了。

前几天，梁为民寄回来的钱多了一倍。她想不明白，他怎么能寄回这么多钱？她觉得梁为民寄钱，不是为了证明自己不靠家里也能念成卫校，而是来笑话她的。

梁为民能多给家里寄钱，是因为他找到了一份勤工助学的工作。说起来，这个活儿也算不上工作，特简单，你只需要把身体贡献出来就可以了。他们毕竟读的是卫校，老师讲课时经常需要一具身体，说说奇经八脉在哪儿，摸摸肠肝肚肺在哪儿之类的，这就得有人当医学模特。很多学生都不愿意干，有的是因为抹不开面子，觉得丢脸，有的是因为瞧不上那几十块钱补助，这正好给了梁为民机会。自一年级下学期有了实践课，他就成了班里御用的医学模特：把胳膊伸出来，让全班同学练习扎针，满胳膊针眼；躺在病床上，假装病人，任实习生随处捏按；站在解剖室里，抱着一具骷髅，给同学们展示全身的三百多块骨头是怎么组合在一起的。别的年级、别的班也有医学模特，但他们要不做的时间不长，干两节课就不想干了，只能换人；要不就是配合度不够，也不是故意不配合，而是总放不开，扭扭捏捏、犹犹豫豫，听诊器还没伸到衣服里，心跳就上了一百。只有梁为民，他当医学模特的时候，特别职业，让摆什么姿势就摆什么姿势，哪怕是穿个短裤，光着上身，几十个人轮流摸他的颈动脉、甲状腺、乳腺甚至腋下，他也能不动声色，仿佛真是一具假人。久而久之，梁为民成了卫校的一个不大不小的传奇，连上级下来检查，学校的课堂展示也专门请他去当模特。多少年后，梁为民每天摸别人的颈椎、甲状腺，看别人的屁股时，偶尔会愣神地想起念卫校时自己当模特的事。脑子里浮动着一句话，"三十年河东三十年河西"，这句话形容他的情况并不准确，在他的人生中从来没有一条泾渭分明的河，就算有，他也是一直在河流之中，而不是岸上，更没有此岸彼岸。不过，他找不到更贴切的形容了，时间如流水，哗哗从他身边淌过去，他无能为力。

六　梦里梦

2000年左右，中关村的电子一条街开始占据各种网络头条，甚至还有了"中国硅谷"的外号。老百姓对那些高大上的电子研究所、高新技术看不懂，他们更关心那些时兴且实用的新玩意，所以网上、报上是硅谷，在普通群众口中，还是叫电子一条街。

海淀黄庄附近的每一栋大厦的每一层，都排满了一个挨一个的玻璃柜台。柜台里摆着硬盘、电脑主板、鼠标、键盘、数据线，你能想到的所有电子零件，都能在这些短则一米、长不过两米的柜台里找到。其实这些二道贩子倒卖的东西远不止如此，投影仪、摄像头、显示器、各种充电器、DVD影碟机、优盘、光碟，包括那些不能拿到明面上来的毛片，应有尽有，所以在理论上说，你只要走进一栋大厦，随便问一个小柜台，就能买到当时的任何一种电子产品，区别只在于价钱和质量。这里到处都是生意，也就到处都是套路，那些不熟悉行情也不懂专业的学生、打工仔和办公室白领，经常连一层都没逛完，就买到了自己要买的东西，甚至还被推销了几盘光碟、一个优盘。

海龙大厦于一年前落成，在此之前，中关村大街的东西两侧都是路边摊，是最早的"电子一条街"，也有人叫电子大排档。春江水暖鸭先知，敏感的人不但预感了电子行业在新世纪的发展壮大，更看到了规模化的效应，于是迅速花钱建起一座大楼，路边摊摇身一变成了玻璃柜台。人还是那些人，产品还是那些产品，但一进到楼里，一切仿佛都高大上起来。那时候在海龙，最快最赚钱的业务是组装电脑。一台品牌机，少则八千，多则两万，而类似功能和配置的组装机，全买下来也就五千块而已，当然，你如果要运行大容量数据库或者打高清游戏，可以加钱提高配置，比如把电脑内存升级、硬盘空间升级、显卡升级、主板升级，甚至连键盘和鼠标都有专门为游戏设计的高灵敏、高精度的。在这里，钱就是电子，就是数据，就是科技，就是未来，它们相互催生，像雪球一样越滚越大。

一座大厦，就是一个江湖，而整个中关村，虽然名为村子，实则是一个更大的江湖。人在江湖飘，谁能不挨刀——这是那些年在北京高校论坛上流传的一句话，说的是人们走进中关村，或多或少都要被这些精明的小贩宰一刀。海龙投入使用的第二年，梁为民带着自己所有的积蓄，一个猛子扎进了这个江湖，他当然算不上一条龙，至多是水里的一条小泥鳅。这条小泥鳅，信心满满，觉得自己也能跟周围的人一样，借着电子产品热的东风大赚一笔。

听到那些百万富翁的传说时，梁为民还在沈阳的一家民营医院里当护士兼大夫，那是一家肛肠医院。离开内蒙古之前，他还从来不知道全中国竟然有这么多肛肠医院，更不知道有这么多人有肛肠病。几乎每个城市里，你走几个路口，就能看见一家肛肠医院，或者是肛肠医院立在布告栏上的广告。念卫校的时候，老师似乎说过，这些年，随着经济条件越来越好，中国人的饮食习惯和工作方式发生了巨大的变化，肛肠病越来越多了。比如说，很多肛肠病跟长期久坐有关系，这说明办公室的白领比例明显增长了，另一些则是因为吃得口味过重导致的，这也能从大街小巷越来越多的湘菜馆、川菜馆、麻辣烫、串串香里得到印证。

他不懂肛肠科，其实整个医院也没几个人懂肛肠科，他们医院里，大部分都是跟他一样的半吊子大夫。他们学了一些基本知识——你只要比病人懂得多一点儿就够了，大部分肛肠病也无非那几种——痔疮、肛瘘、肠炎，上升到肿瘤阶段，就超出他们医院的业务范围。来这里看的病，大都是"难言之隐"，他们的套路通常是无事找事、小事化大，先给病人做常规检查，但凡有一点儿指标不符合既定标准，一定危言耸听地告诉你病情严重。其实，很多检查不过是为了让病人对诊断更加信任而已，总之一个宗旨，就是让病人觉得自己情况不容乐观，但是——万事就怕这个但是——但是，我们医院完全可以做到手到病除。手就是手术。只有做手术，才能赚到钱。而做手术的大夫，大部分是他们从公立医院里高价请来的，双方分工明确，找到病人、安排手术，大夫来了主刀，手术完拿劳务走人，他们再负责把病人尽可能多地留在医院。很多人来的时候只是略微便血或者瘙痒之类的小毛病，他们便貌似客观地提出建议，建议的主要方式就是给他们展示那些病情严重者的恐怖照片，以及拖延下去对生活的严重影响，大部分人都会在这个环节败下阵来，在手术告知书上签字。

这其中，有三分之一的病人其实都没有痔疮，根本不用手术，但他们有的是办法让患者同意手术。这种手术，他们就会让医院的医生自己做，其实什么都没割下来，不过是在肛门割一个小口子，再缝上，然后开一堆消炎药。做戏做全套，病人经历一个完整的痔疮手术的过程，仿佛真有个瘤子被割了去。一周后，病人带着白挨了一刀的屁股满心欢喜地痊愈出院，还不忘帮他们做宣传：这家医院的大夫水平高，做手术一个星期就好了。

那几年，梁为民还是攒了点儿钱。后来，又转战了几家民营医院，干的活大同小异。直到有一次，他亲眼看着这家医院把一家农村来的人骗得倾家荡产，然后那个本来没什么大病的男人死在了手术台上，才彻底离开了这一行。割个假痔疮，骗点儿小钱，他没什么心理负担，可把一个肝部的囊肿非说成癌症，还要开刀治疗，结果把人治死，这的确超出了他的心理承受范围。尤其是，他许多次想起因为自己失误而过敏死亡的村里人，也想起梁为国碎掉的那只手。这么多年了，那只手一直没有放过他。无数个夜晚，他梦见那个村妇打着吊瓶，幽幽向他走来。抬眼一看，输液管上面哪里是什么吊瓶，是梁为国的那只手，血缓慢地往下滴着。

他醒过来，再也睡不着，开始想自己到底该去哪儿，该干什么。有一天，他值夜班，值班室的电脑死机了，怎么也鼓捣不开，他索性把主机拆下来，又组装回去，一按，启动了。他又想起那些中关村百万富翁的传说，心中一动，明白到了离开这里的时候了。

不久后，他身上揣着这几年攒的一万块钱，徜徉在北京的街头，不知往何处去，也不知该干什么。某个夜晚，他在游荡中想起在沈阳时听到的那个传说：北京有个中关村，那里每天诞生一个百万富翁。而这些百万富翁，都是卖电子产品起家的。当时的他听得心动不已，只是觉得自己这方面的知识一点都不懂，只能想想。现在，他既然已经在北京了，便不能只是想，总得做点什么。于是，他在中关村附近游荡了半个月，每天去跟那些摊贩聊天，发现其中一多半以上都不是学计算机的，都是门外汉。他得到的结论也得到了鼓励：做二道贩子，不需要专业知识，卖鸡蛋的从来也不下蛋嘛。那时候，国家鼓励这类新兴产业，各种证件办起来就快，两周的时间，梁为民就拿到了经营许可证，也租到了一个小柜台。万事开头难，但这事相反，开头简单，真经营起来难。先得找合适的进货渠道，更得摸清整个海龙大厦同类小店里的运行方式，当然更得吸引客源，哪一个环节不通畅，钱都不会流进他的腰包。所以，梁为民很快就明白了，一条河里都是鱼，并不代表你跳进去就能捞到鱼。不过，他能从周围人那里感觉到，这条河的确有鱼，每隔一段时间，他都能听说某家小店升级为代理商之类的消息。这让梁为民觉得，成为百万富翁仍然是可能的，前提是必须坚持下去。

　　还好，他撑住了，在这个每天都有新公司成立和老公司倒闭的地方，活下来了。

那一年，梁为民仓皇离开，梁为国留在了家里。大伯梁建章在从村主任上退下来之前，干的最后一件事就是帮梁为国安排了工作，算是对侄子在他家丢一只手的补偿。他花钱找人给梁为国弄了个进修学校的文凭，然后用这个文凭，把他弄到村里的小学当了老师——无论如何，他总还有教小学生的能力。否则，这个一只手的人能干什么呢？

梁为国所有的冲动和心气，都和那只手一起消失了，他一夜之间就从一个浪荡子变成了一个中年人。不久，阿妹怀上了孩子，竟然还是三胞胎，三个儿子。这让梁建成一下子挺直了腰板，虽然梁为国没了一只手，可是他有仨孙子，一个孙子两只手，比谁家的手都多。

梁为国在小学里上课，左边袖子空空的，走起路来晃荡着，后来他便让妻子把它裁短，或者卷起来。没过多久，梁为国渐渐发现，人其实不需要长两只手，所有事一只手都能完成，只是完成得慢一点儿、麻烦一点儿。他甚至从自己的不方便中发现了某种乐趣。他一只手翻书,一只手掐着粉笔在黑板上写"鹅鹅鹅,曲项向天歌",一只手骑自行车,一只手解开裤带撒尿,一只手擦屁股,然后再用一只手把裤带系上。裤带是他媳妇阿妹特制的,左边是一条带子,右边缝成一个环扣,把带子伸进环扣里,折回来,这边裤带上缝着一排扣子,他只要根据肚子的大小,把带子上的扣眼扣在不同的扣子里就行了。唯一让梁为国觉得一只手不如两只手的,是在抱孩子的时候,不管他右手多有劲,一次最多也只能抱起两个儿子,另一个抓着他空空的袖子,爸爸爸爸地哭叫。他只好让他搂住自己的脖子,把他吊在胸前。两分钟后,小家伙胳膊酸麻,又从他胸口出溜到地上。

他已经习惯了一只手生活,对造成这件事的人的怨念,也逐渐变淡、消散,因为痛哭和咒骂过太多次,梁为民一去不返,大伯家赔钱、给他安排了工作,他的恨除了让自己重温痛苦,已经没有任何其他意义。

尤其是阿妹，此前的生活里，他偶尔会担心她偷偷离开。当然，她不识字，普通话说得磕磕绊绊，甚至都弄不清楚自己现在到底身处何地，要走也没得走。那只是一种感觉，他们成了两口子，睡在一铺炕上，一个锅里吃饭，但总感到阿妹的心里在想着什么事。有时候，他半夜醒来，会发现她仍坐在炕梢，瞪着眼睛，仿佛不需要睡觉。但是他不敢去问她在想什么，或者说，他自己对此有所猜测，他怕猜测成真。他想尽办法要给阿妹上个户口。大伯梁建章给他出了主意，在周围的村子里四处打听，终于找到一个年纪相仿的姑娘，姓岳，叫岳小琪。岳小琪几年前失踪了，活不见人死不见尸，失踪人口户口是不注销的。梁建章的主意是，花钱从她父母那里把岳小琪的户口借出来，让阿妹用岳小琪的名义领了结婚证，也顺便把户口落在梁为国家里。但这事不好办，得一点一点来。

当那只手没了之后，他却从阿妹的眼睛里看到了心痛和怜悯，那是之前从未有过的情感。刚出院那会儿，她帮他穿衣服，轻手轻脚、小心翼翼，生怕一不小心弄疼了他。他觉得，她那颗不安分的心的躁动正在消失，夜间，也越来越少睁着眼睛枯坐，开始沉睡，甚至打起了呼噜。某几次，半夜中，她的手伸过来，握住了他那段带着伤疤的骨头，他就任她握着。

但有一个人不这样，就是他妈，他妈对这件事的怨恨恰恰相反，似乎越来越强，家里的任何事情，她最后都能绕到这件事上来，一切错误都是梁为民和梁建章的。这成了他妈活着的理由，也是她忍受半生辛苦的理由，她的哮喘，她的腰腿疼，她的偏头疼，她几乎快掉光的头发，甚至家里一只鸡被路过拉矿石的车碾死，这一切的罪责都是梁为民造成的。"败家子啊，扫把星。"她的咒骂和唠叨充斥在这个家里所有的时间和空间，阿妹起初听不太懂这里的话，不知道婆婆每天在咒骂什么，还以为她骂的是自己，心里总是惴惴不安，怕他们打她，就没黑没白地干活。后来，她渐渐从闲聊的其他妇女那里知道了梁为民和梁为国小时候的事，也听懂了梁为国丢掉一只手的前因后果，更因为怀孕生了孩子，便不再害怕，甚至全家人里只有她敢跟婆婆撑上几句——婆婆听不懂她说的到底是什么，但能判断那是一种反对。婆婆对媳妇的那点儿不服从和反击，不但没有恼怒，反而感到欣喜，她本来对这个外国媳妇是不满意的，个子矮小，皮肤白净，白得一看就不是本地人，说话怪腔怪调，但后来看她很勤苦，还一下生了三个孩子，尤其是发现这个小个子女人不是没脾气，而是挺会察言观色地忍耐，等待时机一击而中，便越来越认可她了。她觉得，梁为国和这个家都需要这样一个女人，一个跟自己很像，最好是自己的加强版的女人。从三十几岁开始，她便觉得自己可能随时死掉，她需要在死之前找到合适的接班人。梁为国的手没了的半年后，她曾悄悄去三十里之外的西沟村找一个神婆算过，神婆说的当然跟她想的差不多："你们家那个大儿子啊，天煞星下凡，本来没啥事，可惜你们把他给送人了，他在别人家里那几年,把他们家的霉运全带回你们家了,所以你们家接连发生祸事。"

梁为民他妈恨恨道,果然啊,还是他们害的。她请神婆给个襄助的办法,梁为国已经丢了一只手了,这辈子不能再有什么意外了,再有意外,全家都活不成。神婆告诉她,梁为国有个守护神,就是他那个拐来的媳妇,只要他媳妇支棱起来,以后就什么都不怕了。"你别看他媳妇又瘦又小,可她身上有南方山里的地气,等这地气上来,她能护男人一世周全。"他妈立刻深信不疑,心里想,神婆从没见过儿媳妇,竟然知道她又瘦又小,可见真有神通。她哪里知道,在"见多识广"的神婆眼里,所有的南方大山沟里的女人都又瘦又小。

这之后,他妈一点一点把柜子的钥匙交给了梁为国媳妇,让她当了家,除了户口本,家里的钱物都归这把钥匙管。不过,她还是留了个心眼,钥匙不只一把,她把钥匙给儿媳妇几天后,趁她去乡里产检,自己开柜子一样一样检查存折、几件不值钱的首饰，发现一样没少，连摆放的地方也丝毫没变，这才放下心来。

她偶尔会在偏头疼和哮喘同时发作、整夜整夜睡不着的时候想起梁为民。她的心情十分复杂，面对着虚无的漆黑夜空，听着偶尔响起的老鼠的窸窣声，她突然间恨意全无，脑海里漂满梁为民小时候的琐事——送到梁建章家之前的点点滴滴。这孩子从小嘴馋，看见吃的，两条腿便像被点了穴，一动不动，大嘴张着，口水能流到半尺长。那时候的吃食，又能有什么呢？一块放了不知道多久的水果糖，几个刚刚透出红晕的果子，庄稼地里的甜瓜，作为大儿子，那时的梁为民在同龄孩子里绝对算不上缺嘴，甚至比大部分孩子吃得都多都好。但他就是馋，经常半夜里拱她的怀，叼着乳头使劲吮吸，把她从一个梦吮吸到另一个梦。那时候，梁为民已经断奶快一年了。他不是想吃奶，就是馋，可大半夜没有任何东西可吃，他便去吮吸母亲，用这咂摸抵抗对食物的渴望。许多年后的今天，她在无比清醒的夜里，在哮喘稍微平息的空当，突然想起那个梦，心里咯噔一下，仿佛明白了自己为何从梁为民小时候就不喜欢他了。

那是怎样的梦呢？是她从未对任何一个人讲过，甚至连自己也刻意忘记，多少年都不曾想起的梦。那是个春梦。在梦里，是她年轻时喜欢的那个南方来的弹棉花的老客，两个人在秋日开满金黄色花朵的葵花地里，赤身裸体，他捧着她的乳房，先是用舌头，然后是用嘴去吮吸，她颤抖着，呻吟着，更享受着。没有其他动作，只是这仿佛天长地久般的触电一样的吮吸，就让她抵达了从未体验过的快乐。就在这时，她醒来了，忽然发现怀里是自己几岁的儿子，羞耻感如一轮朝阳，瞬间照亮整个黑夜，她的身体仿佛置身冰水里的炭火，在冷和热之间焦灼着，吱吱啦啦，发出刺鼻的煳味。她狠狠地给了梁为民一个耳光，那孩子在迷迷糊糊中被打，立刻号哭起来，妈……啊。我想吃东西。她看见了他黑洞洞的嘴巴，感到厌恶极了，坐起身，把他扯起来，一把从炕上丢到了地下，吃吃吃，就知道吃。

现在，她摸了摸自己的乳房，它们已经干瘪得像空了的面口袋，想起梁为民，也想起当初梁建章来商量抱养他时，梁建成还在犹豫，是她一锤定音，把他送走了。她忽然觉得心脏收缩，身体也跟着蜷缩起来。过了一会儿，感觉好些了，她伸手推了推丈夫。梁建成醒了，问，干吗？

老大多久没来信儿？她问。

梁建成嘟囔一声，都在一个院里住着，来什么信儿，你是不是做梦了？

我是说为民，他都多少年没回来了？她补充。

梁建成立刻清醒了，这是几十年来，老婆第一次把梁为民喊为老大。

半年多了，上一次他打电话，我没跟你说。他说他谈了个女朋友。

她哦了一声说，谈女朋友好，睡吧。

七　办婚礼

梁为民结婚那年，回了一趟家。他不能不回家，他的户口还在村里，不回家办不了结婚证。结婚对象是海龙电子城的收银员小霞。俩人的结合过程十分简单，就是梁为民的小柜台，有一次有人拿着假收据来提货，梁为民没仔细看，把两台电脑直接让人拿走。后来对账对不上，就去找收银员。小霞挨了一通骂，心里委屈，一查底单，根本没这笔款子，怒气冲冲去找梁为民，把一杯刚泡好的胖大海倒在了他身上。梁为民也发现那张收据是伪造的了，知道冤枉了小霞，任凭她发泄。后来，他又去找小霞，说请她吃饭，赔礼道歉。一来二去，两人就熟络了。半年后，他俩住在了一起，又半年后，谈婚论嫁。

梁为民已经有些年没回林东镇，没回丰水山村了，他偶尔在初中同学群里看见他们发的图片，知道家乡已经大变样。车进了林东镇，他指指这里指指那里，跟小霞介绍说以前这儿是粮食饭店，他们家大师傅烙的酸菜馅饼特别好吃，我哪回离家去赤峰上学，都要去吃一斤馅饼。这个兴隆商厦，原来就是一排小平房，有一个租书厅连带台球厅，我跟同学来玩过几次。有些东西变了，有些东西没变，比如道路变了，原来的土路都变成了砂石路，但路边的庄稼没变，玉米还是玉米，大豆还是大豆，卖西瓜的摊位上的西瓜，依然是绿皮红瓤黑籽，可吃起来，味道又变了。他停下车，买了两个西瓜。以前那些事，梁为民都跟小霞说过了，让她做好心理准备，如果他妈说什么不好听的话，就当没听见。只要拿到户口本，把结婚证领了就成。小霞嘴里答应，心里打鼓，手在包里把自己的户口本捏得紧紧的。

快进村时，梁为民停了车，下去抽了根烟。丰水山在不远处，看上去怎么比原来矮了呢？

小霞也下车，说，山清水秀。

梁为民扑哧一声，说你没冬天来，冬天来一片光秃秃。

那个山有名没？小霞往远处指了指。

丰水山，梁为民说，那上面有个水帘洞，我跟你说过。

小霞踢了踢脚边的石头，合着我嫁了一个花果山的猴子。

梁为民踩灭烟头，说，上车，回家。

事情办得很顺利，他妈的态度让梁为民意外。他以为她肯定会挑毛病找麻烦，没想到他妈什么话都没说，把户口本给他找了出来。第二天，他开车去乡里派出所，直接扯了结婚证。回去，他妈说，证领了，婚礼怎么也要办一个，才像样。梁为民和小霞回来前，没打算在老家办婚礼，他们想能把结婚证顺利办下来就不错了。他妈这么一说，又觉得确实应该办一下。

婚宴定在乡里，那儿有一个不大不小的饭店，叫好客来，够摆十桌。每桌三百元的标准，鸡鸭鱼肉都上大海碗，酒是草原白，八十八一箱，烟是中南海，已经算村里婚宴的高配了。很多人家都有了小汽车，马路上一看，跑的都是大众、马自达，还有奥迪宝马，好像这个村特别富，其实都是二手车，从节能减排的大城市淘汰下来的，他们在林东镇看见一溜二手车行。连梁为国都买了一辆，不知道他一只手是怎么考下驾照来的。后来在去镇子饭店的路上，梁为国说，驾照是他找一个堂弟替考的，别看他就一只手，开车稳当着呢。确实，从丰水山村到饭店几十里路，弯弯绕绕，经常还跑出一只狗、两只鸡，但梁为国的车始终很平稳，连一个急刹车都没踩。

因为我专注，梁为国说，自从那次走神，手没了一只，我干啥都特别专注。我又不是哪吒，有三头六臂。

乡下的婚宴，流程都是固定的，无甚可说，一整套下来，累得人仰马翻，全家人也没机会在一起坐坐。回去时还是梁为国开车，到家里，他妈把提前打包好的饭菜回锅热了，摆了一大桌，这才吃了个团圆婚宴。他们没和其他人一样在饭店吃，一是时间紧，他们后面还有一个办白事的，怕冲了不吉利；二是想着赶紧把客人都送走，才能放下心来，索性就没吃东西，每人垫吧点儿干粮和熟食。

新婚之夜，梁为民和小霞住他爸他妈的屋子，他爸妈去邻居家借宿。两个人躺在火烫的土炕上商量：婚也结了，得想想事业。梁为民把自己的盘算跟小霞说了说，小霞点了点头，梁为民的手伸进了她的衣服里，握着她丰满的乳房，第一次有了对未来的笃定感。

回到北京，小霞把收银的工作辞了，两个人一起经营小柜台。生意不错，尤其是梁为民开拓了投影仪业务之后，只要搞定一个学校或公司，一个订单就能吃半年，但是经常半年才搞定一个订单。他开始频繁在外面应酬，现在的生意，已经不是坐在柜台后面，守株待兔一样等着客人上门了，你得自己去谈。再加上网上购物越来越流行，特别是京东商城这一类货到付款模式开始了，人们逛商城的兴致明显降低。电子产品开始标准化，品牌机的价格也逐渐下调，人们已经不再热衷攒电脑了，便宜千八百块钱失去了吸引力，然后显卡、主板、硬盘老是出问题，修来修去，这一千块钱就又搭进去了。梁为民主外，小霞就成了整天坐在柜台后的那个人。大楼里她这样的女人多得是，她们戏称自己是"坐台女"。

那时候，来柜台买东西的人已经很少，大部分都是刚开学的学生，走过来，这看看那看看，你问他买什么。他就说，看看。再问他要什么价位的，台式机还是笔记本，品牌机还是组装机，多少内存，多少显卡，多少硬盘，他们便说出一堆数据。其实毫无概念，应该是在论坛上做了些功课，显出一副很懂行的样子，答出来的话却相互矛盾、漏洞百出。有时候，小霞能说动他们在她这里买东西，更多的时候，聊了半天，他们走了。她就知道，他们来这里根本不是诚心要买，只是来了解行情，然后回去再从网上下单。

时间久了，小霞变得十分慵懒，歪在一张二手老板椅上，整天对着一台旧显示器看连续剧，林志颖在《天龙八部》里一会儿多出一个妹妹，《还珠格格3》里的小燕子已经变成了黄奕。商场里顾客不多，但永远是嘈杂的，每个柜台都在放片子或音乐，还有整个大楼的音响系统里各种促销、广告轮番轰炸。但是小霞的电视没有声音，她也不戴耳机，像一个天生的聋人一样，只看画面。她觉得，电视剧里的种种场景，跟她所身处的背景声之间形成了独特的般配感，男主对女主的嘶吼，正好是大促销广告中的声嘶力竭；女主梨花带雨的哭戏，配上隔壁女店主一边听歌一边跟着哼唱的变调声，也有一种奇特的效果；而电视里的打斗场面，也时常能遇到商场里因为售后问题而发生的争吵。总之，现实里的一切和电视里的一切，都毫不相干又天衣无缝地混搭在一起。这整个世界就像一个低配版的组装机，各种零件，努力运行着最新的系统。

在昏昏沉沉中，她感到一阵反胃，心里想，不会怀孕了吧。计算自己例假的日子，的确很有可能，她应该让别人帮忙看一会儿，自己去楼下的金象大药房去买一个验孕棒，然后到又脏又乱的厕所去验一下，但她懒得动。她心里有着犹豫，如果真怀孕了，她就得离开这全中国除了核电站反应堆之外辐射最严重的地方。她的四周有成千上万台电子产品在发光、闪烁，放射出各种波长的电波。楼里传言，有的女老板整个孕期都坐柜台，后来生了一个怪胎，但是没人能说清到底是哪一层的哪个柜台。不过，这个传言出来后，那些试图备孕的女性们，都穿上了防辐射的孕妇装。当然，在更早的时候这里有着另一个传言，那就是男人们因为长久被辐射，体内的精子都被杀死了，十个有八个是不孕症。这个传言也没有人承认。后来，周围人来来往往，许多人也有了孩子，到底是传言毫无根据，还是人家有了别的法子，就不得而知了。

小霞和梁为民自然也听说了这些传言，心里头拿不准，还去海淀妇幼做了个检查。检查结果出来，不好不坏，梁为民的精子数量确实比平均水平低不少，活跃度也不够，但大夫说，这也不能说明就一定不孕，人的精神状态也很重要。当然了，如果不放心，还可以去看看中医，开点中药调理调理。梁为民心里清楚，自己的身体都是这两年跑生意应酬熬的。尤其是半年前那次，是最直接的原因。

八　走夜路

去年冬天,梁为民去鄂尔多斯谈一个校用投影仪的项目,这个项目不但关系到他这个小公司的生死存亡,也关系到他和小霞的婚能不能结成。项目是他当年卫校的同学小胡给介绍的,小胡现在是鄂尔多斯市下面一个县卫生局的副局长,而他岳父则是教育局的正局长,他介绍这个活儿,当然是希望从中得点儿回扣。这也不是大不了的事,项目嘛,都是如此,熟人反而好谈些,拿一成还是两成,说定即可,也更安全。梁为民过去签约,不想那几天这个小胡出了点事,他在洗头房里跟一个洗头妹发生了关系,洗头妹也不是省油的灯,给他录了一段视频,拿着上门敲诈他。小胡不愿掏钱,就找公安局的朋友去查洗头妹卖淫,洗头妹被抓进去一个月,出来后用视频威胁小胡,不给钱她就发到网上去。小胡无奈,只能掏钱,哪想洗头妹拿了钱,还觉得不解气,便把视频发给了他老婆。老婆一气之下跑回娘家,岳父听了大为光火,梁为民这个项目也捎带就要黄了。但这边,梁为民一百多万的货已经从厂家提到北京,退货他得赔几十万,不得已亲自开车把二十台投影仪和相关设备运到鄂尔多斯。

在羊肉馆见到小胡的时候,他一脸沧桑,胡子拉碴,看来也被老婆丈人折腾得不轻。现在,他的整个前途攥在人家手里,再说,错的毕竟是他。一见面,小胡就给梁为民赔不是,说点儿背,常在河边走,哪想这次不但湿了鞋,水甚至淹到了脖子下。梁为民问他,这事到底还有没有转圜的余地,哪怕他一分钱不赚,把账抹平也行。小胡唉声叹气,说除非搞定我老丈人，否则没戏了。梁为民来的时候，带着一箱茅台，一盒鹿茸，那盒鹿茸是他黑龙江的大舅子给他的，听说他们要备孕，让他补身体的。

梁为民跟小胡说，只要能帮我把你丈人约出来，其他的我来搞定。小胡想了想说，行，如果这次还不成，我就真没辙了，只能对不住你了。

那天夜里，梁为民一个人走在县城荒凉的街道上，前几天刚下的积雪已经融化不少，残留的雪堆里都是灰黑之色。县城的西北方，有好几座露天煤矿，这让这里的天空常年都是煤灰色的。他能清晰地闻到生煤、小店里燃烧不充分的煤焦石烟的味道，它们仿佛不是烟尘，而是颗粒，顺着呼吸道一直进入肺里，扎根下来。他只好点燃烟，狠吸几口，以毒攻毒。路灯昏黄，每隔几盏就有一盏坏了，那段路也就显得更暗一些。他想起童年时老家的雪路，尤其是读初中时的冬天，他们住在土坯房宿舍里。南北两铺大炕，每铺炕上十个孩子，身上的虱子多到串种，虮子在衣缝里密密排成一条白线。坐在教室里，经常能看见前座同学的脖子上有虱子在爬。冬天，他们把虱子捉起来，放在烧红的炉盖上，虱子立刻噼噼啪啪被烤死，发出一种穿了很久的内衣被炙烤的臊腐味。他们说，那就是死亡的味道。他想起过敏而死的那个妇女，她早就已经化为泥土了吧，如果坟头长出了青草，是不是那种臊腐味也会置换为青草味。

他走到了小县城的尽头，砂石路消失了，接驳的是一条刚修好不久的柏油路，据小胡说，因为县里区里有冲突，这条本来穿城而过的柏油路，擦着县城而过了。柏油路向西延伸，远处隐隐约约的灯火，那已是几十里外的另一个镇子。

梁为民感觉到有些冷，他踱着脚，在柏油路上跺几下，又到砂石路上跺几下，然后到路边的土地跺几下。不同的地方，是不同的感觉。脚上血液加速流动，有一种酥麻感沿着脚踝向小腿延伸，但是因为跺脚，裤腿偶尔露出缝隙，也让冷风顺着腿向上蔓延，上面的风则从衣领进入，然后向下侵蚀。两股势力在他肚腹之处会师，让他感到一片冰凉。

鄂尔多斯可真冷啊，他想，比北京冷，比老家林东也冷。但是鄂尔多斯的夜晚和林东一样黑，北京的夜晚从来没有真正黑过，总有各种灯光亮着。有灯没灯，一个人走夜路的孤独感是一样的。

第二天晚上，在一家全羊馆的小包间里，梁为民见到了小胡和他那个蒙古族老丈人。他足有一米九的个子，典型的蒙古族人的高颧骨，面孔粗红，讲话带着奇特的音调。梁为民特意没选大饭店，而是找了这家全羊馆，他已经打听过了，这里是教育局那些人最常去的聚会之所。

烤全羊和羊杂汤、羊盘肠上来，梁为民绝口不提生意的事，一口一个叔地叫着，敬酒，奉承。他跟小胡谈论着当年念卫校的事，小胡虽然搞不懂他葫芦里卖的什么药，但很配合，两个人你一言我一语地回忆出许多细节来。酒喝到半酣，梁为民顺势讲起自己的童年经历，怎么被送给大伯家，又因为什么被退回家，怎么从老大变成了老二，怎么一个人去卫校念书，怎么给同学们当医学模特。说到伤心处，他涕泪横流。小胡老丈人在酒精的作用下受了感动，终于松口说，那批货，我们也不是不能买。梁为民立刻说，叔，你说怎么着就怎么着。老人看着面前的酒说，这样，你干一杯酒，我买一台。一共二十台，你只要喝到二十杯，我都买。喝酒的玻璃杯是二两一杯的，二十杯就是四斤酒，何况他们之前已经喝了两斤。以实际酒量看，三个梁为民也喝不了这么多酒。

小胡想说话，梁为民一摆手，让他啥也别说，喊服务员拿二十个杯子。

二十个杯子拿上来，二十杯酒一溜倒满。梁为民说，叔，你是场面人，肯定说话算话。我拉货的车就在外面，今天我喝一杯，小胡你就搬一台机器。如果我三杯就倒了，你就搬三台，我喝十九杯倒，你就搬十九台，只要我喝不到二十杯，这些仪器都算我白送的。我喝到二十杯，你们再付钱。

梁为民干了一杯。辣，一条火龙从喉咙钻进他的胃，那里翻江倒海，但是他的脑海却风平浪静，他从未如此清醒、笃定。不知为何，他信心满满，他觉得他肯定能喝二十杯，能把这笔生意谈成。喝前十杯时，老人和小胡都一动不动看着他，等他端起第十一杯，小胡忍不住了，跟老人说，爸，再喝下去怕要出事。老人还是一动不动。梁为民继续喝，喝到第十九杯了。他的头脑依然清醒，但是眼睛耳朵和整个身体都像飘浮在空中，又像是沉溺在深水里，晃晃荡荡，无所依凭。我他妈成酒仙了，他想。他之所以自信，是因为饭局上的一切，并没有超出他的预想，他知道今天是一场硬仗，虽然不知道到底会怎么打。他做好了牺牲的准备。当老头说出二十杯酒二十台仪器的时候，他知道，今天的事成了，至于成了的结果和代价，那是明天考虑的事儿。

梁为民喝掉了二十杯酒，尽管第二十杯刚灌进去，他就呕吐起来。他伏在椅子背上，身体向前探着，前面是木盘上那只几乎没动过的烤全羊，金黄的羊肉已经冷却，呕吐物很快掩盖了这只羊。老人仍然没说话，他站起来，出门时拍了拍小胡的肩膀，说，别让他死在这儿，明天，你回家吧。小胡知道，梁为民的事成了，自己那件事也过去了。

他上前扶住梁为民，他已经浑身瘫软，像一根刚灌好的羊血肠，满身腥臭，软滑。小胡找了两个服务员，帮他把梁为民抬上车，又跟他到宾馆，一起把他抬到房间的床上。他从包里掏出两盒中华烟给服务员。他们走后，他在梁为民旁边坐了一会儿，发现他呼吸均匀，脸色从刚才的惨白中缓过来，渐渐红润。他走出房间，发现手机上有一个未接来电，还有一条短信，都是他老婆的。短信上就几个字，还不回来？他回了一个，马上回。

两天后，梁为民开着面包车，行驶在回北京的高速上。小霞告诉他,那笔仪器的钱已经到账。但是,这次出门也给他留下了永久的伤害,不是酒精直接造成的,而是另一种。

那天晚上,他半夜口干舌燥,起来找水。房间里没有水,前台的人已经睡着,大门关着,但并未锁上。他穿上大衣,走出小旅馆,想去找一家开着的小商店买水。

他走出宾馆时,看见天上有一轮月亮,又大又圆。他觉得自己看错了,这里的天空不管白天黑夜都是雾蒙蒙的样子,怎么会有月亮呢?但是月亮的确在眼前,而脚下的路,也变得洁白而平坦,像是雪后的大地。他走了上去,越走越远,越走越远。

第二天一大早,宾馆的服务员发现有一个人扑倒在门口的雪堆里,还以为他冻死了。他喊醒了梁为民,发现他的裤带解着,猜想他是跑出来撒尿的,可是宾馆里有厕所,为什么要跑出来撒尿呢?挨冻的时间不算长,人还没有失温,但是他的下体因为刚好倒在雪中，已经是半冻僵状态。他回去后，暖和了很长时间，下体仍是红肿的，但看起来并不严重。他想，它终究会好起来的吧。这时，他接到小胡的电话，小胡说不能送他了，那批货，小胡会找人来接手，货款肯定没问题。

梁为民在宾馆里躺了一天，晚上，他再次走出宾馆，夜空漆黑，哪儿来的月亮？他猜想，自己昨晚看到的可能并不是月亮，而是太阳。幸好是太阳，那时离天亮很近了，否则，他一定会冻死在外面的。

高速上车很少，他开得放松，但是下体却麻痒无比，他知道这是冻伤的后遗症。小时候，他们三九天在外面玩，回去后用火盆烤冰冷的手和耳朵，一受热，它们就会麻痒难忍。他的一只手忍不住伸进裤子去抓挠，有几次差点儿撞上隔离带。

他还是平安回到家了，正是这笔钱，让小霞相信了他说的让她过上好日子的话，答应跟他回老家去领证结婚。但是，他的心里一直忐忑不安，因为他不确定自己的下身是不是冻坏了。回到北京，回老家之前，他去医院男科看了，大夫听了他的讲述，皱起眉头，不过后来看着检查结果说，你这个……比较难判断，按说功能应该没什么损伤，但是不是有什么器质性的改变，只能观察。他没时间观察，过几天就要带着小霞回老家了，如果他将来成了一个废人，那就是害了小霞，他们也不可能过一辈子。大夫给他开了一种药，说，关键时刻可以试试。

那几天，他们在一个最合适的机会，做了一次爱。他终究是没信心，在之前偷偷跑厕所吃了一颗药，谢天谢地，一切都还好，他还是个男人。完事后，小霞沉沉睡去，他在厕所里点上烟，看着自己略显发福的身体，说了句，万幸。

那次冻伤的后果是后来才显现的，他能扮演一个丈夫的角色，但是却没有了当父亲的能力。接下来的另一家权威医院的医学检查让他确认，自己已经不能生成正常的精子。梁为民没敢跟小霞说这事，只是告诉她，一切都有希望。他在想，现在医学这么发达，总会有办法的。

但这个希望迟迟未至。

一年多后，父亲梁建成来北京看病，两人在小饭馆里聊起这件事。父亲问他到底是谁的问题，他讲起那次的鄂尔多斯之行。父亲明白了。两个人开始沉默着喝酒，回去前，他去车站送父亲，老人说，你可以没有孩子，但是小霞不能没有，她没有孩子，你俩就过不到老。道理是这样的。道理之所以是这样的，是因为生活中绝大多数人都是这样的。梁为民反驳不了这种道理。父亲回去之后，他找了个机会，把自己生不了孩子的事跟小霞说了。小霞听了，没哭没闹，甚至都不意外。她说她早就猜到，一直怀不上，她自己偷偷去做了妇科检查，没任何问题，大夫说，问题只能是在你老公身上。她只是不知道到底怎么回事，现在明白了，是那一次鄂尔多斯之行冻的。

要说，这事我也有责任，小霞说，那回要不是我逼着你，你也不至于大冬天一个人过去谈生意，也就没有后来的事儿了。

以前的事不说了，梁为民说，咱们说以后。

但以后不是说出来的，需要他们做决定，如果继续在一块，就必须面对一辈子没孩子的状况，如果无法接受，那就只能分开。结婚证是九块钱，离婚证也是九块钱，可以做加法，九加九等于十八，也可以做减法，九减九等于零。但是日子哪里只是加减法的事儿？

咱们再想想办法，我听说，现在有一种新技术，就是大夫把你的小蝌蚪取出来，放我肚子里，一样能生孩子。小霞说。

那也得小蝌蚪活着，我这……都是死的。梁为民凄然一笑。

小霞不再说话。

路没了，或者说，路只剩下一条了。她还年轻，还能再找别的男人，跟他养儿育女，梁为民则将孤家寡人一辈子。他心里也存着一点幻想，就像当年大伯家一样，突然间老天开眼，让自己重新好起来。但是转而又想，哪儿来那么巧的事呢？生活又不真的是轮回。小霞也没着急，对她来说，这个理由很充分又很不充分。无论如何他们当年是以爱的名义走到一起的，如果要分开，也应该是以不爱的理由分开。现在算怎么回事呢？因为没有孩子，所以离婚？到民政局，工作人员问，你们为什么离婚？他们怎么说？是按照电视上、网上的说法：感情破裂，感情不和，还是说真实的情况——因为我们没孩子，而且永远不可能有孩子了。她也想，要不要跟着潮流，顺便就做了丁克算了，她身边这样的人也不少。但是大部分做丁克的人，都是主动选择的，他们有可能后悔也有可能不会，被迫的丁克，如何能一辈子都心甘？

他们心照不宣地在期待一个意外来打破这种别扭的默契和平衡，这意外迟迟不来，另一个意外却突然而至。

  这一年的中秋前,父亲打电话问他们回不回来过节。梁为民说不回,这么远,手头事情又多,过年团圆一下说得过去,中秋节哪有时间往回跑?他都没跟小霞提这个事。第二天,他去外面打包午饭。海龙大厦里有一个食堂,主要卖快餐,刀削面、炒饼、炒饭、水饺,吃了好多年,实在吃腻了,如果梁为民或小霞一个人看店,他们通常吃口面包香肠泡面解决问题,如果这一天两个人都在楼里,梁为民就去新中关地下二层的小店打包些小吃。不知不觉,新中关的地下一二层成了网红店一条街,尤其是电影院和附近的家乐福超市开起来之后,当年海龙大厦人头攒动的景象,已经移植到了新中关、欧美汇这里。麻辣小龙虾、网红马卡龙、干锅牛蛙、桥头排骨,眼花缭乱,很快,丹棱街两边又开起稍微高档一点的餐厅,云南菜、台湾菜,甚至泰国菜、越南菜,然后是大排档又流行,南京大排档和各类炸串小吃各有一席之地。街上的景物随着时间在更改变换，行色匆匆的人们很少专门注意，除非去翻老照片进行对比，否则会觉得这个世界始终保持着最初的样子。但人的嘴巴比眼睛更敏感，梁为民和小霞就是用舌头体验着整个中关村和北京的变化的，许许多多他们以前没吃过甚至没听说过的食物，逐一摆在他们面前：毛肚火锅、打边炉、羊排烤包子等，而丝袜奶茶之类口味繁多的网红饮品，就更是眼花缭乱了。

　　梁为民在新中关地下转悠了一圈，又沿着丹棱街走到小吃街，还是没决定好吃什么。他想起自己有个初中同学，好像也在附近上班，这家伙貌似是个什么作家，有一年在班级群里推送了一个链接，是他的一篇小说，题目就叫《人生最焦虑的就是午饭吃些什么》。他看了，就是说两个同事每天中午转悠着找饭辙的故事，那时候，对他来说吃什么完全不是问题，问题是赚到吃饭的钱。如今呢，吃饭的钱是有了，吃什么倒成了问题。最后，他在大排档给小霞打包了一份螺蛳粉，自己买了两个萝卜糕，在等螺蛳粉的间隙里直接吞掉。

回到海龙，小霞刚放下电话，对他带来的螺蛳粉看都没看，皱眉说，你跟家里说中秋节要回去了？梁为民一愣，随即明白这个电话是父亲打来的，听小霞的意思，父亲还是想让他们回去。他让小霞先吃饭，自己问问到底怎么回事。小霞拎着螺蛳粉，到楼道间里吃，这东西味儿太大，旁边的人受不了，虽然整个一层都没什么好味道，但是没人愿意再增加一种酸臭味。

过了一会儿，小霞吃完回来，说，问清楚了？梁为民点头，说，得回去一趟。咋了，小霞问。

妈犯病了，脑出血，抢救回来了。

哦，小霞心里怀疑了一下，真的假的，得病为什么不直接说呢，有啥可隐瞒的？

中秋就在一个星期后，他们盘算了一下，觉得提前几天回去，然后中秋前回来，倒不是一定跟这个中秋团圆较劲，而是中秋临近十一假期，是一个小销售旺季，整个下半年全靠十一和春节两季拉销售呢。既然是回去看病人，关键是看，是不是中秋看并不重要。

这回不坐火车、汽车，开他们平时拉货的依维柯回去。前一天梁为民又到王府井去送了一趟货，办完事出来，瞅见停车的地方要收停车费，每小时两块五，不足两小时按两小时收。他算了下时间，妈的，他才停了一个小时零五分，这会儿开走，也是交五块钱，觉得亏。又想来都来了，顺便去天安门广场转转，等快到俩小时再回来就是了。

广场上人不少，临近十一，很多地方已经摆满了花车花篮，流动车兜售小红旗和北京市地图、中国地图。他随手买了一张地图，给人十块钱，那人递过来两张地图。梁为民说我就要一张，那人说，一张北京的一张全国的，没准哪天出门有用呢。他一想，明天要开车回老家，说不定真用得着，便接了过去。

那两张地图，他把一张标上了一路要过的主要站点，随手放在副驾驶座位上。实际根本没用到，高速公路的指示牌都标得很清楚，手机上也有导航。这一路，偶尔想起这件事，他就在心里骂自己一句：傻子。

九　三胞胎

梁为民他妈的确病了，也的确是脑出血，但十分轻微，在县医院拍了片子，打了两天吊瓶，出血很快吸收，头不晕不疼，就下地干活了。他们俩拎着一堆月饼和库尔勒香梨进家门时，他妈正在院子里追一只芦花鸡。鸡仿佛预知了自己的命运，拼命想飞过院墙逃掉，但是它毕竟是鸡不是鸟，翅膀扑棱了半天，眼看着要到墙头上，又掉了下来，只好咯咯叫着逃跑。在一个墙角处，被他妈揪住了一只翅膀，拎了起来。那只鸡眼珠乱转，嘴张着，露出小巧的鸡舌，两只黑爪在空中弹了两下，不动了。这一会儿，它又似乎坦然接受了命运。他妈伸手，穿过茸茸的鸡毛，在鸡胸上摸了两把，感觉到厚实的胸脯肉，脸上露出满意的笑容。一抬头，看见院门口站着的发愣的梁为民两口子，她也愣了。

晚上吃饭，他爸把梁为国一家都喊来。梁为国左边袖子空荡荡，右手夹着烟卷，一脸灰黄。一年多没见，他竟老得厉害，如果和梁为民并排站着，外人一定会觉得他比梁为民大四五岁。梁为民心里忍不住想，如今，他确实像个哥哥了。阿妹的个子变得更矮了，也可能不是矮，是她变胖了，曾经瘦得如豆角，如今却像一颗饱满的土豆。她最让人惊奇的就是两件事，一是生了三胞胎儿子，是方圆几百里的第一个；二就是从南方到内蒙古这么多年，她的脸依然是光洁的，完全没有当地人那风沙和紫外线造成的高原红和皴裂。现在，那些跟她熟络的妇女们，会在一起到田里干活时开她玩笑，你这脸蛋到底擦的啥，咋还这么嫩呢，不会是你家那口子天天晚上给你舔的吧。

她就笑，然后用怪腔怪调的普通话说，就是，你赶紧回去让你男人舔，把你全身都舔了。

对方哼一声说，我才不让他舔，他满嘴烟屁味。

一个陌生的人，到了一个陌生的地方，能够和这里的人一起开这样的玩笑，那么她也就彻底融入了这里了。听说，她还跟着三个孩子一起学会了认字，虽然不多，但常用字大都认得了，也能歪歪扭扭地写。如果说，她还有什么不太一样的话，就是看电视喜欢看天气预报，中央台的、地方台的天气预报都看。有时候烧火做饭，梁为国见她拿着烧火棍在地上划拉来划来去，画得猫不像猫狗不像狗。他瞪她一眼，她便笑一下，用脚把地上的四不像抹了。

那三个男孩已经五岁多，炕上炕下跑跳、闹腾，仿佛要把屋子拆了才罢休。他们把梁为民带回来的水果糖含一会儿，又吐到手心里，看形状变化。阿妹帮婆婆烧火做饭，梁为民和小霞坐在炕头，端着一杯热茶，炕更热，他们有些坐不住。

梁为民把自己带回来的中华烟给他爸，他爸拆开一盒，抽出一支点上。梁为国伸手，要过一支来，夹在耳朵上。

也给你带了。梁为民说。

饭菜好了，一家人围坐在地桌旁。阿妹却仍站在旁边，胳膊搂着三个孩子，他们此刻出奇地安静，嘴里正品味巧克力复杂的味道。小霞招呼阿妹和孩子一起吃饭，阿妹却摇头，把孩子抱得更紧了。两人都有些发蒙，弄不清是什么情况。

接下来，父亲的一席话，把他俩推向了悬崖边。

原来，这次把他们喊回来，并非是因为他妈的病，这种病在农村实在是小事情，每年都要闹几场，不过也和这两年老人感觉身体越来越差有关。梁为民他妈他爸夜里躺在炕上，回想起很多年前孩子们还小的年月里的事，说起把梁为民送给大伯，说起为了给梁为国上户口，把梁为民的岁数改小，说起自己的偏心，说起梁为国那只丢掉的手。他妈最常用的一个词就是"要是",要是当初没把老大送给你哥家,要是这孩子嘴不那么馋,要是老二当年好好考学,要是那天为民去铡草了……所有的"要是"感叹完,她悲哀地发现,这一切重来一遍的话,还是会原样发生,什么都不会改变。

如今,他们又到了一个做决定的十字路口。

上个学期,县教育局撤校并校,村里的小学在秋天撤掉了。不撤也不行了,附近的村小学都一样,每个村子一个年级还不到十个人,却要配四个老师,财政根本支撑不住。何况,根据现在统计的状况看,以后学生也不可能多,只会越来越少。再者,很多人把家搬到了镇子上或县城里,就算没搬去的,也想尽办法把孩子弄到那里的学校去读书。为了解决这些问题,县里指示乡里,决定在几个村的中间地带,办一所联合小学,所有村小学全部集中到一处,住校读书。

在丰水山通往县上的路中间,原来有一座矿山,地下还能挖出矿石的时候，矿山在路边盖了几栋砖瓦房子，围出一个院子，用压路机压得很平整。乡里找人把房子修整粉刷了一遍，又在钢管厂打了几十张上下床，买了锅碗瓢盆，黑板桌椅什么的把各村小学里好一些的选过来就够了。这个联合小学就成了。

然后，就不得不开始裁员。梁为国这种身体有残疾的，本来是受照顾的对象，但因为新的政策，他没有大专文凭，当年那个进修学校的毕业证远远不够，成了首当其冲被裁掉的。

梁为国失业了，三个儿子却越来越大，不但吃饭穿衣，将来还要上学，还要成家娶媳妇。这会儿，农村娶一个媳妇，至少要二十万，这还不算七七八八的钱。等他们长到二十多岁，如果念不成书，还不得五十万？一个五十万，三个就是一百五十万，他都不知道自己脑袋上的头发有没有一百五十万根。

他妈他爸晚上除了回忆往事，就是商量怎么办。这愁苦里还夹杂着另一个担忧，就是梁为民他们没孩子,一个愁孩子太多,一个愁生不出孩子来。聊着聊着,过去和现在就融合到一块儿了,有些话仿佛是屋顶上的灰尘,常年累积着,突然有一天就掉落下来,直接钻进他们的脑袋里:要是,让老大从老二那儿领一个孩子,咋样?这话落下来时是轻的,还不如一片叶子重,但到了心上,却仿佛是座山,压得两个人半天没声,脑袋蒙蒙的,也空空的。

这是第一次谈到,然后就有第二次、第三次,他们愚公移山一样,不知不觉就把心头这座山给挖空了,至少是打了个隧道出来,哗啦一声,那边就透出了光亮,这个主意就越来越顺理成章了,甚至偶尔觉得这就是老天爷的意思。

他们之前跟梁为国两口子商量,梁为国和阿妹都不同意,但态度算不上多坚决。如今的梁为国,深知自己本就是半个残废,又没了教书的工作,几乎就是整个残废了。阿妹只是摇头,说三个孩子,她哪个都不舍得。阿妹最近心情不错,因为梁为国告诉她,她的户口快下来了。有了户口，她就算正式的中国人了，当然，名义上她得叫岳小琪。

饭桌上，梁建成还是把这个想法说出来了。梁为民像被雷劈了一下，小霞更是受伤，这等于给她的幻想判了死刑，她一个身体健康的女人，却要把别人的孩子当成自己的养一辈子。梁为民感觉自己重新跌入三十多年前的轮回里，像一只城里孩子养的仓鼠，在一个小笼子中，沿着一个旋转的阶梯爬，那是一个三百六度旋转的轮子，爬一步，往下转两步，仓鼠永远爬不上去，尽管出口就在顶端。有一天，圆梯因为轴承卡壳停住了，他终于趁机爬了出去，哪想现在又要重新跳进笼子里。不同的是，这一次，他不是仓鼠，是梯子。

小霞无话可说，拿起筷子吃饭，她像什么都没发生一样，拎起一只鸡腿啃起来。三个孩子咽着口水，他们饿了。

梁建成又说，这个事不用急，我跟你们妈也都是为你们的将来考虑，你们兄弟自己商量。

梁为民他妈拉三个孙子来吃饭，小孩们不晓得此刻的情况，只知道可以吃了，立刻对那只炖好的鸡和其他菜发起进攻。小霞被噎得打起嗝，阿妹给她端了杯水过来。她们彼此看了一眼，谁都不晓得该说什么。

十　水帘洞

饭后,梁为民喊梁为国一起出去走走。

他们沿着村后的路,往丰水山上走。太阳被一朵乌云遮住,那山远远看去,青黑的一片,峰峦褶皱都隐在了暗影中。又走了一会儿,转了个小弯,在夕光的映衬下,山显出了一边的轮廓,山半腰的水帘洞也露了出来。他们还是孩子的时候,水帘洞的洞口常年有人把守,因为那时候它流出的水还是圣水,既要防止有些人来偷,也要防止牛羊闯进来污染。他们从来没进过这里。等到他们长大后,水帘洞的神话早已破灭，还原为一个普普通通的石洞。也不知确实是为了配合神话的消失，还是地质变化的原因，在一次极为小型的地震之后，水帘洞里再也没有清水滴出，很快，它就被山上的牛羊、野兔占据。大一点的孩子也钻进来烤地瓜和玉米，堆放自己捡来的当作珍宝的各种垃圾。下雨天，这里会聚集附近田里的农民，他们坐在洞口，看着外面的雨幕和村庄，聊起当年排着队接圣水的事儿，仿佛在说一个遥远的故事。

这是兄弟俩第一次一起走进水帘洞。小时候，当水帘洞还笼罩在圣水的传说中时，孩子们根本不被允许进洞。后来随着时间的流逝，传说的魅力一点一点消散，人们便不再守着洞口。孩子们出于好奇，一波又一波拥进洞里。在他们曾经的想象中，如果它不像电视剧《西游记》里的水帘洞，至少也应该是曲折、幽深，如他们在电视里看见的其他洞穴。但是水帘洞让他们失望极了，里面黑乎乎、潮答答的，完全没有电视上那种仙雾缭绕的样子。于是，这个洞就变成他们玩乐的场所。梁为民和梁为国分别来过这里，跟伙伴们追逐打闹，或者点燃一堆茅草，烧还未成熟的玉米和小土豆。他们未曾有过同时在洞里的记忆。

洞口下本是一处斜坡，接圣水的那些年里，人们用石条垒了台阶，如今石条深陷荒草和黄土，只能依稀看出台阶的模样，再过两年，又会重新变成一个斜坡。梁为民手脚并用爬上去，回头时，看到梁为国趔趔趄趄。他伸出手去拉他，却一把抓住了一截空衣袖。梁为国顺势伸右手，拽住了哥哥衣服的下摆，脚一蹬，也上到斜坡上。洞口残留着许多牛粪、马粪、羊粪，已经风干，还有灌木丛里挂着的各色塑料袋、卫生巾、包装盒，像一个天然的垃圾站。

我已经几十年没进来过了。梁为国说。

此处光线仍充足，能远眺十几里地之外的村庄，甚至连林东镇也有隐约的影子。

我也是，梁为民说。他先一步往前走去。越往里，光线越暗，石壁参差干燥，洞底零散着一些绊脚的石块，显然是在许多年的人来人往中积攒下来的。

兄弟俩似乎达成了某种默契，像两个专心探险的孩子，只专注于水帘洞，而不谈论山下的事情。这时候，两人同时想起，在孩童时代，他们从未有过这种静默而温情的时刻。几乎从梁为民被送到大伯家开始，他们就不再是亲兄弟了，而成了莫名其妙的敌人。

梁为民打开了手机的电筒，照着脚下，两人更加小心地往里走。有些地方极其狭窄，只够一个人侧身而过，有的地方却宽阔到能摆两张桌子，好在洞顶一直很高，整体并不显得逼仄。他们终于到了曾经流下圣水的那块空地，并不是山洞的最里面，而是最空阔处。洞壁有一块巨石凸出，下方的石板上，仍能看见常年水滴侵蚀的痕迹。有人在石板上刻画了一些字，对着电筒光辨认了一下，似乎是几个成语"水滴石穿""水落石出"之类的，估计是来玩的孩子们写的。

当年圣水就是沿着那块巨石滴下来的。巨石并不高，灵巧的人一纵身就可以够到，顺势爬上去。

上去看看？梁为民说。小时候，他们曾灵巧如猴地爬上去，然后大着胆子跳下来。有人为此摔断了腿。

梁为国举了举那只不存在的手，笑一下。

我拉你。梁为民说，但随即发现，拉并不是个好办法。

最后，他用肩膀抵住梁为国，帮他先上去，然后他再爬上去。

两个人上去后，感觉那块石头晃动了一下。

梁为民一惊，轻轻跺了跺脚，巨石如山，纹丝不动。难道刚才是幻觉？他想。

兄弟俩坐下来，手机电量不足，梁为民关掉了电筒。一小阵黑暗之后，他们发现，山洞并非毫无光线，在穹顶最高的地方，仍然有一线光亮透进来。不晓得是从来就有的，还是地震之后才出现的。

是不是有什么声音？滴答滴答。的确，是水滴的声音，不过肯定不是当年滴圣水之处，而是其他地方，山水浸湿、聚集到一定程度，然后滴下。只能听到声音，完全无法判断声音来自哪里，那滴水可能不等继续流淌，就已经干涸了。

如果有酒就好了，梁为国说。

如果把饭桌上那只鸡拿来下酒就更好了，梁为民说。

然后两人哈哈大笑起来。

他们说起童年，随即发现，两个人似乎并不是在一个地方、一个家庭长大的，他们所经历的同样的事，感受竟然天差地别。梁为国说起他十岁，梁为民十二岁（或者，梁为国十岁，他八岁）时的一件事。

那年，他俩上四年级，就是后来梁为国上班的小学。元旦，学校要搞一个小晚会，孩子们提前一个星期就兴奋不已。老师让学生各自组团准备节目，节目好的推荐到学校的元旦晚会上去，据说县电视台的还要来录像，很可能春节期间在全县播出。梁为国他妈知道了这件事，跟他说，咱们必须得好好准备，这可是在全校露脸的好机会，如果电视台播了，你就是在全县露脸，将来考学评三好，都能受照顾。其实，她也并不清楚能受到什么照顾，只是觉得机会难得，而且谁让梁为国从小就有点文艺天赋呢？不说别的，就说唱歌，一个高音能翻到云朵上去，只是他声音略细，飙高音的时候像女孩子的声音，他轻易不唱。从三岁开始，他妈先是让他跟着录音机学，后来有了电视，让他跟电视学。家里来了亲戚朋友，少不得拎出来让他唱一首。梁为国特别讨厌这个环节，但是每次他唱完，不但得到大人们的惊叹式夸奖，还经常能得到他妈和亲戚们给的水果糖、小蛋糕，他便从未拒绝过。时间长了，唱歌对他来说就是一件能换来好吃食的事儿。所以，当他妈说争取到学校晚会上唱歌，争取上电视台时，他也没觉得有什么不妥。

梁为国唱了一曲《亚洲雄风》，非常顺利地入选了学校晚会节目。

看见母亲张罗弟弟去参加晚会，梁为民也想参与，只是他没什么特长，唱不会唱，跳不会跳，曾跟着电视里的魔术师学表演扑克牌魔术，也没练好，总是抓不稳牌，在班级选拔的时候就落选了。

等到晚会的导演排节目时，发现各班级选上来的大都是独唱，光《亚洲雄风》就有三个，晚会几乎变成演唱会了。导演十分不满意，准备刷掉几个，梁为国也在其中。梁为国被刷掉不是因为唱得不好，而是因为个子矮，《亚洲雄风》变成了剩下俩男生的二重唱。面对这个结局，梁为国心里有些失望，但也觉得正常，可他妈非常接受不了。在她眼里，全世界她儿子唱得最好，凭什么不让上？拿个子矮说事，一定有黑幕。他妈带着梁为国和两瓶黄桃、两瓶山楂罐头去找导演，也就是学校的音乐老师，请老师一定要让他上场。音乐老师把罐头往外推，说，你的心情我理解，哪个家长不是望子成龙望女成凤，这个机会这么难得，谁都想要，但是我得考虑整台节目的效果。梁为国拉他妈袖子，意思是别为难老师，赶紧回去吧。这时候旁边围了一圈排练的学生，他羞躁得脸发涨。

他妈不为所动,依然在坚持。这时音乐老师很不耐烦地说了一句,你看我这里多少唱歌的,还都是男孩,他要是个女孩,哪怕唱得不好我也要了。他妈仿佛一瞬间得到了提示,说,导演啊,那你可说着了,你别看为国是男孩子,他嗓子细,唱歌跟女孩子一个音。

导演愣一下,说,反串啊?

他妈不知道什么叫反串,还以为是农村的土话骂人的,在村里,人们经常把那些不同品种杂交后的东西叫串子。她心想,这老师怎么骂人呢?

音乐老师也是农村人,反应过来自己这句话可能不妥,连忙解释说,反串是一种艺术形式,就是男的扮演女的,女的扮演男的,京剧大师梅兰芳就是反串。

梁为国她妈还是没有听太懂,但知道这个反串跟村里的串子不是一个意思,赶忙说,对对对,我儿子能反串,您让他试试,如果不行,我绝不麻烦您。

梁为国就被他妈逼着,当着几十个同学和音乐老师的面，用女生的嗓音唱起了《亚洲雄风》。一开始，他唱得气息不匀，声音带着嘶哑，音乐老师皱眉，围观的同学窃笑。他妈着急了，冲上去就给他一巴掌，这是长这么大她第一回打小儿子，虽然打得不重，但相当于对他的内心投了一枚原子弹。一害怕一委屈，高音就上去了，嗓音也细起来，听着和女生没有任何区别。如果闭上眼睛不看唱歌的人，只听声音，你会认为那就是一个女孩，而且是一个特别会唱歌的女孩。

导演目露惊讶，围观的学生也被歌声惊呆了，就连他妈都愣神了。她单知道儿子的声音细，没想到能细成这样，一时间不知该喜该忧。

还没等唱完，音乐老师冲过去抱住了梁为国，嘴里大喊，太棒了，太棒了，我给你安排独唱。

结果，梁为国不但能上晚会，还挑大梁唱了压轴的歌曲，当然是反串。随后的一系列事情，让他后悔至极，导演跟领导商量之后，决定让梁为国彻底扮成女的，穿上裙子，化了妆，头上戴一顶插了花的帽子。

晚会那天,梁为国出场后声音一起,就赢得了掌声,把晚会推向高潮,电视台的录像机怼着他的脸拍摄。唱完后,导演还设计了一个解密环节,就是让梁为国一样一样把帽子、首饰摘掉,用湿毛巾把妆容抹去,露出男儿真身。这时候现场观众发出巨大的惊叹声,他们无论如何也想象不出刚才那时而高亢嘹亮、时而温柔婉转的歌声是一个男孩子的。掌声再次雷鸣般响起。

演出极为成功,梁为国独唱的这段录像在县电视台连续播放了很长时间,甚至市电视台的栏目组闻讯赶来,也想找他去录节目。但那时梁为国的嗓子却突然哑了,不但唱不了女声,甚至连平时说话都是哑的,错失了成为大明星的机会。人们说,这孩子的变声期来得太不是时候了。

"你知道我嗓子怎么变哑的吗?"梁为国像是在问自己,也像是在问梁为民。

梁为民说，不是说变声期到了么。

梁为民轻笑一下，抬起那只没有手的胳膊，用半截袖子擦了擦脸。

梁为民瞥见他眼睛湿湿的。

"其实是我自己弄哑的。"梁为国说。

"啥？"

"我那几天晚上睡热炕，偷偷从盐笸箩里抓盐吃，还吃特别辣的辣椒，嗓子又干又咸又辣，我就忍着，不喝水。最后就成这样了。"梁为国说的时候，脸上露出得意的笑容。

梁为民震惊不已，那时候，他对弟弟所享有的风光无比妒忌，他想过，如果不是跟弟弟互换了年纪，也许他才是耀眼的那个。那些天，他跑到山沟里，偷偷练习学女生唱歌，想自己也许跟梁为国有一样的天赋。但是他尖着嗓子的声音，连自己都听不下去。

"你为啥要这么干？去电视台当明星不好吗？"梁为民问。

"好啊，当然好，"梁为国说，"谁不想当明星呢。可是你知道代价是什么吗？自从那次……反串……之后，同学都嘲笑我，说我是个二尾子。你知道二尾子啥意思吧？就是不男不女、不阴不阳，就是变态。他们还说我没有鸡巴，下半身啥也没有，是太监。男孩不愿意跟我一起玩，女孩也躲着我。"

梁为民心里头一沉。他记得这些话，甚至他还记得自己也说过这些话。不但说过，那时候有人偷偷问他，梁为国到底有没有小鸡鸡时，他告诉他们，有，但是很小很小，像一条小泥鳅，等于没有。他还说过其他类似的话。他只想打击弟弟那时候的红火，不知道这些话给他这么重的伤害。

这一刻，他感到无比愧疚和羞耻，可他没有勇气为此道歉，只能继续沉默。

"哈哈，"梁为国继续道，"许多年后，我从外地回来，有人喝醉了说起这件事，还要扒我裤子看呢。直到我生了三胞胎，才彻底把这些人的嘴堵上。他们谁也没生出三胞胎来。"

然后,他们又说起中考的事。梁为国给梁为民道歉,为他给父亲告密他偷偷报名的事。梁为民说:"我其实也知道你要逃走,但我没告诉爸妈。我想让你离开。可你为啥要跑呢?"

"为了离开这个地方,主要是离开妈。"梁为国说。

"妈?"

"哥,我知道你从小就妒忌我,觉得我的出生抢走了你应得的一切。后来为了给我上户口,还把你的年龄改小了好几岁,你本来应该比我早上学的。又因为在大伯家的几年,妈特别不喜欢你,特别宠着我。可你不知道,我多羡慕你啊。爸妈是疼我,什么好吃的好玩的都先给我,但是他们把我管得太严了,从小到大,我穿什么衣服、跟谁玩、吃几根冰棍都是妈说了算的。你不知道我多羡慕你,谁也不管你,你是自由的,你想跟谁玩就跟谁玩,你想穿个背心跑出去,他们看见都装看不见,我呢,我如果这样,他们肯定揪回来，让我按照他们的要求穿好衣服才能出门。你想下河摸鱼就下河摸鱼，我连站在河边看看都会被妈念叨，好像我只要看见水，就会被淹死一样。为了中考时的逃走，我策划了好多年，我攒着零花钱，我从电视里、朋友那里打听该去哪儿，我不断去汽车站，问到沈阳该咋坐车。我想过所有的可能性，一样都没发生，我特别顺利地逃出了学校，到汽车站买到票。我坐在车上等发车的时候，还觉得妈会突然上车，把我抓回去。但是没有，准点发车了，我终于离开了丰水山，离开了林东，到了一个谁也管不着我的地方。那是我过得最自在的日子。"

梁为民心里的愧疚，渐渐被一种震惊和奇特的感觉替换了，原来他曾以为特别苦逼的童年，在梁为国那里是自由，原来自己拼命想要夺回的那种生活，却是另一个人想拼命甩掉的。

"后来，我还是回来了，回到了原来的轨道，原来的日子。"梁为国说。

"自由没那么重要，是不是？"梁为民说。

"我以为有了这几年的闯荡，我在家里能摆脱妈的控制，但是我想得太简单了。"梁为国说，"你知道我真正放松下来，是什么时候吗？"

梁为民抬眼看他，这是他许多年来第一次如此正式地端详他，他的脸异常平静，眼神里泛着讲述得意之作的那种欣喜。他在梁为国的瞳孔里看到自己模糊的影子，连影子也算不上，只是一个黑点。

"就是手断掉的时候。没了一只手，当然难受啊，当然痛苦啊，可是后来让我接受这个惨剧的，不是无可奈何，而是我发现随着这只手一起断掉的，还有妈对我的束缚。从那以后，她在我面前变得小心翼翼，再也不像以前那样什么都管了。我可以随意发脾气，大喊大叫，我想怎么样就怎么样，她只是在旁边看着我。虽然我不喜欢她那充满怜爱和同情的眼光，但我享受这肆无忌惮的过程。"

梁为民伸出手，握住了那一小截空空的袖管，小声说:"这事,还是我对不起你。"

梁为国把袖子抽出来,甩了甩,有轻微的风在脸上拂过:"没啥对不对得起的,这是我的命。"

过了一会儿,梁为国解开一个扣子,从怀里把那个小瓶子掏出来,说:"我的手从来没有丢过,只不过不长在腕子上了。"

梁为民摸了摸那个装着梁为国一只手灰烬的小瓶子,有点温温的。

"揣起来吧。"梁为民说。心里想,在有些事上,梁为国比他想得透。

天已经黑下来,村庄里的灯火显得飘忽不定,但始终在那里浮动着。他们坐在高处,看过去时村庄的上空凝聚着一层淡淡的云雾,不知道是晚饭的炊烟,还是别的什么东西。

两个人摸索着从洞口爬下去,灌木丛伸出无数细小的手挽留他们,但是他们毫不停留。从山脚往村里走的时候,他们说起小时候听过的鬼故事、鬼打墙之类的，并不觉得害怕，反而有一种幸福感。这半个小时弯弯曲曲、坑坑洼洼的路，是兄弟二人唯一一起度过的童年。他们没有商量，但心里对家里那一摊事有了各自的答案。

十一　告别信

三天后，梁为民和小霞回到了北京。

跟弟弟聊完的那天晚上，躺在老家一间小屋的土炕上，他跟小霞说，明天回北京。小霞问，你妈说的事怎么弄？梁为民说，不用管，现在啥年月了，哪能随便就把孩子换个人家。小霞说，那咱俩咋办？梁为民说，咱俩……回去再说，该咋办咋办，在这儿说啥都没用。第二天，他们先开车到了林东镇。梁为民说，好不容易来一趟，以后啥时候回来还不知道，我带你转转。他开车带小霞去了附近的几个景点，石房子、昭庙、辽文化博物馆，其实都没什么可看的，就算有，他们也看不出来。在昭庙时，小霞问，没草原吗？到内蒙古，应该看看草原才是。这儿没有，梁为民说，咱们开车回北京，路上会路过，不过跟你在电视宣传片上看到的肯定不一样。小霞不再说话，抬头望着昭庙附近桃石山上的那块大石头。石头形状似一枚桃子，立在一座山崖处，远观过去，桃子仿佛就要从山崖上坠落，但是风吹日晒，桃石依然挺立在那里。前些年，就连一次四级地震也只是让它晃了晃，然后继续顽固地立在山崖之上。

这像桃子吗？我看更像心脏。小霞说。

梁为民抬头看看，这儿他也是第一次来，以前知道，在学校的布告栏上看到过，以为很大，实地看比图片上小很多。那块石头布满风化后的裂纹，这样看，的确更像布满血管的心脏，而不是毛茸茸的桃子。他见过猪和羊的心脏，在宰杀之后，如果长时间放置，就会变成紫黑色。这枚石头心脏也是紫黑色。

昭庙里空无一人，没有游客，也没有僧人，甚至佛像前的香都燃尽了，灰是冷的。梁为民和小霞在佛像前站了站，脚下是给跪拜者准备的两个蒲团，倒是有八成新。他们各自想，对方会不会跪下去？如果他或她跪下去，那她或他似乎也应该跪下去。还好，他们都没有动。

从庙里出来，两人上车，再没回林东镇，直接开上附近的国道，一路向南，直奔京城而去。那块心形的石头，压在了两人的胸膛里。

路上，两人就说了一句话，是梁为民问，小霞答的。在过承德的时候，下错了一个高速口，可能得绕到顺义而不是密云。停到服务区后，梁为民说，你看看你座位上有没有一个中国地图，我怎么找不到路了？小霞挪了挪屁股，掏出一张地图来，打开一瞅，是北京地图，又找了找，没看见其他地图，就说，没有，只有北京的。梁为民想，可能掉座位空隙了，算了，继续上路，只要往北京方向开，总能到的。

两人感到婚姻前景不乐观,但是仍抱着希望,现在要生孩子,总还是比过去多了很多选择。尤其是小霞,她又打听到,如果男人的精子质量不太好,也有一种办法,就是通过医学手段,直接从男人的精囊里选取最活跃的一颗精子,然后给女的进行人工授精,据说成功的概率也很大。她从网上找了一个相关的科普帖子,发给梁为民,他看了,自然明白是什么意思,但是没有给她任何回复,她不知道他是不同意这个方案,还是不相信这种办法。她也没有直接问他。他们就这样按照既定的生活轨道往前走,开门出摊、拿货卖货,每天置身海龙大厦喧闹的柜台里,看着人来人往,有时候——当然并非是同时——他们会想,就这样过下去也可以,不一定非得有孩子,婚姻说到底还是两个人的事。但另外一些时候,他们想的更多的是互相歉疚,她觉得自己对孩子的渴望绑架了他,而他的无能只是身体上的伤害造成的,并非故意如此;他呢,又觉得由于自己的原因让她没有机会成为母亲,用婚姻绑架了她。于是，他们看起来比之前更客气和小心了，那种细节上的关心也变得更多，甚至显得刻意了，比如她爱吃冰激凌，他便经常跑到家乐福旁边的哈根达斯店去买，贵得离谱，可是仿佛不这样去表示，就不足以证明他对她的歉疚。她也是，经常给他几百块钱，说你去找朋友撸个串、喝个酒，开心开心，仿佛跟她在一起都是不开心的，必须出去跟别人一起才开心。她心情复杂但装作十分投入地享用冰激凌，他接过钱，没有去撸串喝酒，而是给她买了一件新上市的衣服，也贵。

终于有一天，他们都累了，知道这段感情已经走到了尽头，好合好散吧。这时候，各自心里又想，幸亏没孩子，如果有了孩子，日子再难也得在一起熬着，哪像现在这么容易放下。不但没孩子，也没房子，财产嘛，存款十几万，一辆破车，一个摊位，半年一交租，其他的什么也没有。小霞很爽快，车和摊位给梁为民，存款归她，算下来差不了几块钱。梁为民本以为小霞会狮子大开口，让自己净身出户的，没想到她这么仗义，心里头很感动。又想，唉，这要是有个孩子，可能真不会走到这一步。就连这个摊位，也算不上什么资产，他刚入这个江湖时，流行的话是"人在江湖飘，谁能不挨刀"，那时候他立志做一把刀，在时代这块肥肉上割到属于自己的那一块。如今的流行语则成了"出来混总是要还的"，折腾这么多年，还没吃到那块肉，却得往回还了。

但是要真离婚，也没那么容易，还得有一套流程要走，得去一方的户籍所在地，也得拿上双方的户口本，把本人那一页的婚否栏里从已婚改为离异。也就是说，要离婚，他还得跟小霞回趟老家，或者拿上户口本，到小霞的户口所在地办，都挺麻烦，两人便一直拖着。

梁为民想，自己不好再回丰水山，不妨让梁为国来一趟。这么多年，还没邀请他到北京来玩过。梁为民打电话，让梁为国带着媳妇孩子来北京转转，这时候是五月初，天气转暖，到处柳绿桃红，小月河两岸海棠花落英缤纷，故宫的红墙绿瓦在阳光下熠熠生辉，长城两边浓荫匝地，挺适合游玩的。梁为国有些意外，说是商量商量，商量的结果是，他跟媳妇来，就不带孩子了，仨孩子带着，实在折腾，这要是跑丢了一个，还不得急死。

梁为民让他顺便把户口本带过来，自己要用一下，也没说干什么用。

五一过后，六一之前，梁为国带着媳妇来北京。第一天，去吃了北京烤鸭，逛了圆明园，第二天开面包车去长城，反正就是拍照打卡，玩得挺高兴。第三天本计划去故宫的，但一早起来，阿妹不见了。三个人想，或许是醒得早，到附近去转转了，便等着。等到十点钟，还不见人影，觉得要出麻烦。他们想，阿妹是不是出了什么事儿，迷路了，被车撞了，还是怎么了，赶紧跑到周围去打听。直到中午，才在门口一个小摊贩那里问到，说一大早，有个小个子胖女人跟他打听路，问他火车站怎么走。

梁为国听了，感觉天晃动了一下，地势突然有了高低。梁为民和小霞随即也猜到了阿妹的意图，她要离开，不，是要逃走了。梁为国一屁股坐在地上，然后马上跳起来，说，她都没有身份证，根本买不了车票。

户口本，梁为民喊了一声。

梁为国赶紧翻包，发现户口本、钱都不见了，却找出一封信来。歪歪扭扭，是阿妹的字：

> 阿国，我走了，我想家了，这些年我一直想回家。当初跟你来这里，我稀里糊涂，说不上是自愿的，也说不上被骗的。自从跟了你，我一直想走，但是我也感谢你当年救了我。我给你生了三个孩子，对得起你。我想了好久了，这一次终于有机会了，我知道你是不会让我走的，所以我只能偷偷走。好好养儿子。阿妹。

她可真能忍啊，小霞突然说。

难不成你知道她要跑？梁为民说。

我不知道，小霞说，我就是刚才突然想起来，那回中秋节，咱们从老家回北京的路上，你让我找地图，我没找到你说的中国地图，但老觉得自己见过。我现在记起来了，在家里，我看见阿妹拿着过一份地图，红红蓝蓝的，当时我还以为是孩子的图画书呢。她多能忍呢，拿了地图一年多，才趁这次机会跑。

梁为国浑身都抽动起来，抬起空袖管，想擦汗，却抹在眼睛上。

我早就该发现了，梁为国说，我说她为啥每天都看天气预报呢，她那是记地图呢。她还学认字，说是将来可以辅导孩子写作业，原来都是装的。她不是能忍，她是为了等户口办完了，她正式拿到户口。有了户口，她才能买车票。

哈哈，梁为国突然笑了。梁为民和小霞一开始觉得他笑得突然、尴尬，不合时宜，可听他笑了几声，他俩也忍不住跟着笑起来，哈哈哈，哈哈哈，三个人笑得前仰后合。梁为国是边笑边哭，亦笑亦哭；梁为民笑得没心没肺，仿佛听了一个绝世笑话；小霞笑得放松而舒畅，如同积压在心里多少年的疙瘩解开了，一个莫名的郁结烟消云散。

咱俩一时半会离不了婚了。梁为民说。

梁为国止住笑声，愣了一下，又反应过来，说，你让我带户口本，原来是干这个的。

是，梁为民说，谁能想到成了阿妹离开的通行证呢？说起来还是怪我，地图是我买的，北京是我让你们来的，户口本也是我让你带的。

哥，梁为国说，你也别这样说。

他举起他已经不存在的左手，继续道，就像它，根本上还是我自己送进铡草机的，我那天如果没喝酒，如果没自以为是，也就不会丢了手。阿妹啊，有了孩子，我以为她早就放弃了回家的想法，没想到她这么多年一直在默默准备。走了好，她回去了，我也心安了。谁会不想自己的家呢。

过了半分钟，梁为国抽泣起来，我回去咋跟爸妈和孩子说呢，往后的日子咋过啊。

梁为民走过去，让他的头靠在自己的肩膀上，他瞅见梁为国杂乱的头发里，有了不少白头发了。这一刻，他第一次踏踏实实地觉得自己是哥哥，一个无能为力的哥哥。

后来，他们还是去了故宫，首先是门票已经预约了，再者梁为民和小霞在北京这么久，也没有去到里面转转，如今三个人蹲在家里，也不过是面面相觑的尴尬和郁闷，还不如走走。三个人坐公交到前门，过地下通道，到了天安门城楼，进门拿票，检票入宫。故宫虽然没来过，但清宫戏却看过不少，《甄嬛传》之类的，脑子里满是阿哥格格娘娘这些词，但真进来，却发现真实的故宫远不如电视上的那么金碧辉煌，甚至很多地方都显出一种古旧的灰色。梁为民鼓捣了很多年投影仪、电子设备,也偶尔听去过剧组的朋友提到过,拍电视剧的时候,要打很强的光,从而让那些日常之物显出流光溢彩来。倒是站在院子内,仰望天空,有一种历史悠长和人之渺小的感觉。他们没有租电子导游,自然也不会请真人导游,就是走走停停,有旅游团的导游讲解,便随便听一耳朵。

下午四点,他们逛累了,回去的路上,梁为国说,皇上的日子也不见得比别人好过,故宫虽然大,可是每间房子都一个样。

所以嘛,梁为民接话说,人都想从自己住的房子逃出去,看看别人过什么日子,其实呢,都差不多。

梁为国其实没心思看景,他在想自己回去怎么跟家里人交代,尤其是三个儿子,还这么小,成了没妈的崽子。从金水桥走过的时候,梁为国下了决心,他要去找阿妹,不过不是现在。他先回趟家,安顿一下,然后就去找她。他相信自己能找到阿妹,也能再次把她带回丰水山村,就像当年一样。

梁为民和小霞一时半会儿办不了手续，但两个人已经进入了离婚的状态。送梁为国回赤峰的火车站里，小霞拿了三万块钱给他，说是给孩子的。梁为国要推辞，梁为民摁住了他的手，你将来去找阿妹，也要路费的。

梁为国便收了，说，谢谢哥，谢谢嫂子。

十二　过新年

　　老梁在腊月二十三小年这天，回到丰水山村。

　　似乎一年前他还是小梁，突然之间就变成了老梁，当某一次喝酒时，老黄和老王喊他"老梁，干一个"的时候，他没有丝毫惊讶和不适，这个称呼像那杯冰凉的啤酒，咕咚一声落进他的脑海里，就像他也记不清到底什么时候管老黄和老王喊老黄和老王一样。他能想象到，过年时，那三个侄子会端着酒杯说，大伯，祝您新年快乐，万事如意，谢谢您这么多年对我们的照顾。他连干三杯酒，头脑微微晕起，心里涌出一波温热的浪。他没有孩子，但这三个侄子，仿佛就是他亲生的儿子。这些年来，他赚的钱主要都花在他们身上。三个人同年同月同日生，按先后顺序分了个大小，而且学习成绩都不错，只是兴趣各异，一个要学航天，一个要学地质，还有一个要学医。他跟要学医的老三说，学医苦，你可得做好准备。老三说，我不怕苦，我要继续你没完成的医学事业。说得梁为民心头一热。

梁为民现在孤家寡人一个，却获得了生活的满足感。他爸梁建成两年前去世了，他妈也因为关节炎，走不了远路，只在屋里洗菜做饭。她已经完全蜕变成一个标准的农村老太太，打狗撵鸡，嘴里永远在唠叨，家里一根针的摆设也看不顺眼，没人的时候，她就对着空荡荡的屋子说话，伴着哮喘带来的浓重呼吸声，好像吹火的风箱里有一张永不停歇的嘴。有人的时候她对人说，但人从来不听，仿佛院子里的树叶被风吹响了，无人在意一样。梁建成死得有点儿冤，那年春天，他过生日，三个孙子磕了头，他连喝了三杯酒。太阳快落山的时候，牛棚被风吹得漏了顶，他爬上去修，一脚踩空，掉在了牛圈里。其实牛棚并不高，以前也掉下来过，顶多是崴下脚，戳了胳膊，养个把月就好了。可巧这一回掉下来时，裤脚被一根钉子挂了一下，脑袋冲下，直接栽断了脖子。一家人吃晚饭找人找不见，还是三胞胎的老三去牛棚小便，看见爷爷倒栽葱戳在地上，赶紧喊大人。等人们把他架起来，他的脑袋还是垂在胸口，好像要看看自己心里到底在想什么。在村里，一个人死在生日这天，被认为是有福的，所以大家并没表现出过度的难过，按流程找车拉到镇子的火化炉去火化，然后埋进了坟地。那块坟地在水帘洞对着的一面土坡上，全村的坟地都在那儿，梁建成坟头靠西，紧挨着他爸他妈的。春天，田野里长满了野草，坟上也零星长出几根，上坟的时候，梁为民要拔掉，梁为国说，别拔，有这几根草，爸能透透气。梁为国便看着那几根草，想起当年他爸在初中学校门口抽烟的样子。

梁为国头发白了一多半，他每年有三个月的时间出门在外，去找阿妹。他已经找了好些年，几乎踏遍了南方的每一座边境小城。他遇见了几百上千个叫阿妹的女人，她们都矮个子、白皮肤，但都不是他的阿妹。人们劝他不要再找，人海茫茫，相隔国境，他们再次相遇的概率比中彩票还小。但是梁为国经常拿电视剧《神雕侠侣》里杨过和小龙女的十六年之约来回应对方、鼓舞自己，杨过等了小龙女十六年，等到了。人们不忍说，那个是电视剧，电视剧嘛，无巧不成书，你跟杨过唯一的共同点就是都没了一只手。梁为国去南方次数多了，除了找阿妹，他也有了其他发现。南方有很多土特产，在当地都很便宜，茶叶、菌子，还有熏肉、烟草什么的，他开始由少到多地往北方倒腾这些东西；然后冬天的时候，再把内蒙古的牛羊肉、小米、大豆发到那边去。一开始只能把自己的路费赚回来，时间长了，摸到些门道，渐渐就有了些规模，每年能赚些钱。三个儿子已经上了初中。小学四年级就在中心小学住校，周末回家拿点钱，初中也住校，不过是每两周回一次家——现在可以手机转账，钱也不用拿了。学习的事他也不操心，爱学成什么样算什么样吧，倒是梁为民，隔三岔五就打听他们的学习成绩。这三个孩子倒是都很聪明，比他们哥俩强，学习中上等，一直保持下去，考个二本还是有把握的。

梁为民到家的第二天，梁为国也从南方回来了。

这一次，他不但带回了阿妹的消息，还带回了小霞的消息。确切地说，是从小霞那里带回了阿妹的消息。几年前，阿妹带着户口本消失后，又过了半年，梁为民才和小霞用补办的户口本办了离婚手续。梁为民一直在海龙干到2017年，彻底破产，然后去了隆昌肛肠医院，一年半后，又从医院离开，转到这家体检中心。

离婚后第三年，小霞又结婚了，这次嫁了一个真正的IT男，在后厂村上班，比小霞大八岁，脱发严重，黑眼圈，看起来是体虚，但人家刚结婚就让小霞怀了孕。女儿足月出生，小霞成了全职妈妈，等到女儿三岁，该上幼儿园了，两口子一合计，那不如小霞就直接去幼儿园找个工作算了，既能接送孩子，还有个事儿做。他们选的是一家国际幼儿园，费用不菲，理念超前，中英文双语环境，每天主要就是游戏、手工和各种体育活动，从来不像中国传统幼儿园那样讲1234什么的。梁为民在小霞结婚时，把她微信删了，再也没有联系过，但梁为国始终留着这个前任嫂子的微信。

这次从南方回来，在北京转机，他跟小霞见了一面。其实是小霞主动见了他一面。这些年来，如果说还有谁始终支持他找阿妹，就只有小霞。两人坐在机场里的漫咖啡，聊了聊各自的事。小霞没问梁为民，梁为国也没提。离了这么久了，已无须再互相关注了。

他们说到了阿妹。

小霞说，她得到过一个线索。

梁为国心一动，问是什么线索。这些年他得到过不少线索，事实证明，那些线索都是假的。

小霞说，前一阵，有个人加我微信，我以为是什么中介或是推销的，没理。后来我往回翻那些加微信的人，又看到了那个人的头像，是一幅地图。我再加她，可惜过了时效期，已经加不上了。

小霞说着打开手机，点开一个头像，是一幅中国地图。

这算什么线索。梁为国说。

你得细看，小霞说，这上面是你哥当年标注的从北京回村里的线路，我记得很清楚。

梁为国把图放大再看，从北京到丰水山，的确被用小圈标出了一条路。这张图即便不是阿妹的，也一定是一个和丰水山有关系的人的。而且，路标并未到北京停止，一路向南，最后一个落在了广西的凭祥。

他的心猛烈地跳动着，震得胸腔都感到疼。

有枣没枣，打一竿子才知道，小霞说。

梁为国没说话，但他记下了这个人的微信号、微信名。

回来的路上，他无数次把微信号输入进去，找到那个头像的人，然后在加好友的最后一步犹豫了。十年来，这是他离阿妹最近的一次，可是突然间发现，这也是最远的一次。他走遍千山万水去找她，其实内心真正的想法是，有一天，她会自己回来。不管她是阿妹，还是岳小琪。

她拿着户口本，那上面有着家里的详细地址，她想回来，一定能回来。没有，只能说明她彻底跟自己和孩子们告别了，她不想再回来了。

他不知道她是怎么做到如此坚决的，他知道的是，她这么坚决，即便自己找到她，也改变不了什么。他只会再次揭开伤疤和往事，也打扰自己刚刚建立的生活，还有孩子们好不容易接受的母亲因病去世的谎言。

年二十九的傍晚，按丰水山的习俗，梁为民和梁为国先去坟地给爷爷奶奶和父亲上坟烧纸。父亲的旁边起了新坟，是大伯的，那个梁为民也叫了两年爸的人。他也给他烧了一刀纸，心里想，如果当年大伯母没再生孩子，自己一直给他当儿子，现在会是什么样？想着想着，出了神。

手机震动，有人发消息，打开一看是小孙：梁哥，小弟提前给您拜年了，祝您虎年大吉，虎虎生威，如虎添翼。然后是一堆红红黄黄的表情包。

老梁想了想，回了一个：新年快乐，心想事成。

他已经打听过了，柳红梅，不，柳丹生意做得挺大，现在不只是分院的院长，还开了一家美容院，不过，她仍然是单身。他重新加了她微信，她也通过了，但两个人谁也没主动说话。他渐渐确认，他们一起经历过的那些夜晚不是幻觉，而是实实在在的事儿。但这说明不了什么。现在，他有点犹疑，到底是该去见柳丹，还是去见柳红梅？

等火彻底燃尽，兄弟俩站起身，因为跪得有些久，腿已经发麻。他们抬头，又看见了远处的水帘洞，又小又破的一个洞口。两人下山坡，又往对面爬，向洞口走去，石阶彻底消失了，这里的斜坡和其他山坡没什么不同。这一次，他们几乎毫不费力地就爬到洞口。

洞里干燥无比，除了各种粪便垃圾，还有不少鞭炮炸响后的纸屑，红红蓝蓝，应该是孩子们玩剩下的。他们往里走，到了当年人们接圣水的地方，发现石块上有湿润的水迹。他们前一次来时所见的字，已经看不清了，只剩下某些被刻画较深的线条。

水帘洞又有水了？梁为民惊讶地问，手摸了摸，的确是湿的。

梁为国看了看，说，是风吹进来的雪，天一暖，化了。

梁为民心里生出一点儿失落感，嗷嗷喊两声，回音在他们周围荡漾了一下，然后消失在石壁中。

他们开始返回，再到洞口附近时，梁为民发现那些鞭炮碎屑中，有几支没有炸响、完好无损的小鞭炮，捡起来，引芯还在。

有火没？他问梁为国。

梁为国掏出打火机和一根烟递给他。

梁为民划燃打火机，先点着烟，吸了一口，然后用烟火去点引芯，在嗤嗤烧的时候把鞭炮往洞里扔去。有一阵轻微的火硝味传来，却没有炸响声。

他又点了一支，这一次响了，啪的一声，然后洞里传来一叠短促的回音，仿佛石块投掷到水里时的声音。

梁为国也捡了几枚举着，梁为民帮他点燃。梁为国抛向空中，噼噼啪啪，青烟里有纸被燎过的焦糊味，还有火硝燃烧的味道。跟坟前烧的纸相比，这些味道让人觉得似乎是一种香味。

再也找不到完整的鞭炮，两人坐在石头上抽烟，烟是梁为国从南方带回来的红塔山。梁为国坐下去的时候，龇了一下牙。

梁为民心想，这小子该不会是得了痔疮吧？这么思忖着，他右手的食指不由自主地变成了一指禅，继而反应过来，暗自一笑，那根手指轻轻一弹，把刚刚燃尽的一截烟灰弹到空中。卷烟的纸烧着后，则又是另一种味道了。

《水落石出》创作谈

写小说就是把一加一为什么等于二说清楚

〜〜〜〜〜〜〜〜〜〜〜〜〜〜〜〜

刘汀

说说跟梁为民、梁为国兄弟俩见面的事儿吧。

应该是四年前了,还是没有新冠疫情的时候,有年冬天,我带家人回老家过年。我们先到林东镇,那里是我读高中的地方。高中群里的同学知晓我到林东,那些依然工作、生活在镇子上的,便说应该老同学见见,喝喝酒,聊聊天。于是,我让父母和妻女先回乡下,自己在那个漆黑的寒冷冬夜,穿过空荡无人却又宽阔的街道,去一家饭馆跟他们碰头。

一切都是常规操作,吃饭喝酒,互通下近况,聊许多年前谁也记不太清的往事。那种感觉实在奇怪，我跟他们仿佛是十分亲近的，可又感到某种隔膜。好在他们总是能说起一些可堪琢磨、令人唏嘘的事儿，有些故人正春风得意，有些故人已赴黄泉，而二十年前，我们是坐在同一间教室里，听同一个老师讲ABCD和之乎者也的。那天深夜，我回到住处后，因酒燥而失眠，在手机上写下一首诗——

去故乡

去故乡，见故人
吃大肉，喝烈酒
半醉如顶风冒雪
讲过去的事
得到如下通讯方式

陈 18304977493

马 15148379654

罗 13474841336

梁 13142135298

王 13812352365

这所有，分别了二十年的人
都还活着
我把他们，从记忆里
揪出来，装进手机

还有一个，已被病痛
装进坟墓，一整夜
我听北风呼啸，做乱梦
背下全部号码

　　除了这点感慨，那次聚会还留下黄豆般大小的火苗——有位同学说起他有个朋友，当年家里因违反计划生育政策，为了给超生的弟弟落户口，用了他的准生证，最后导致这朋友一辈子的年龄都比他弟弟小两岁。酒桌上的一句闲话，说者说完就忘了，作为听者，我记在了心里。那一刻便觉得，这个细节，值得写一部小说。

第二天，我联系那同学说，能约这年龄错位的兄弟俩见见吗？同学愣了半天，说，你又不认识他俩，见面干啥？我说，就是觉得他俩这事有意思，想多了解了解，以他俩为原型写个小说啊。同学见我坚持，不好驳我的面子，毕竟昨晚碰杯的时候还拍着胸脯保证，兄弟，你呢，常年在外地，老家这边有什么事就跟我说，我一定帮你搞定。他只是随口那么一说，哪想到我立马就找他帮忙了。

后来，他还是帮我约了两兄弟，老大叫梁为民，老二叫梁为国。见面的地点是林东镇的一个小饭馆，我定了个包间，早早到了，为了表示诚意，点了几个硬菜，炒羊杂、手把肉、芹菜粉、小鸡炖蘑菇、蘸酱菜,并一瓶二锅头,等着他们。不到十分钟,兄弟俩到了,但是我那同学打来电话,说自己去乡下办事,车爆胎,赶不过来。我知道这小子就是不想来,不来就不来,反正正主到了,他来不来都一样。我对他的人生没兴趣。

我招呼兄弟俩入座,一边给他们倒酒,一边说了自己想了解一下他们的故事,写一个小说的想法。

哥俩面面相觑,几欲起身就走。我摁住他们,说你们看,菜都点了,酒也开了,吃点喝点,随便聊聊而已,不让你们为难。他们便又坐下。几杯酒下来,双方都放松了,谈话也就顺畅多了。兄弟俩就把几十年的故事和盘托出。

酒过三巡,菜过五味,火候差不多了。

我说,你俩这年龄反过来,大的变小,小的变大,对你们的生活产生过啥影响?

两人沉默了一分钟,梁为国吃口菜,说,这话看怎么说吧,你要说有影响,但是谁又敢保证,没有这个年龄掉过儿的事儿,我们就能过和现在不一样的日子?我这手——他举起一只空袖子——就不会被铡草机铡掉?我这才注意到,他失去了一只手。

梁为民接过话头说,要说没有影响,可我们从小时候到大,林林总总的许多事,又都是在这事后面发生的,甚至是因这件事而起的。

事儿我已经了解了大概,就跟梁家兄弟聊我想怎么写这个小说。我说,你们这个故事呢,挺有意思的,我可以写得比较先锋一点,甚至荒诞一点,也可以写得老实一点,传统一点。梁为国说,我们兄弟俩这点事,发生在这么偏远的一处山沟里,你整得花里胡哨的,啥意思?梁为民点点头,补充道,我们愿意走进你的小说里,不过是因为想把自己半辈子的经历唠叨唠叨,说给想听的人听听,就行了。梁为国又说,我不懂写小说,但是我知道你们这些作家,有时候能把一件芝麻大的事写成西瓜大,能把一根小木棍绕成一片树林,这也是能耐。但在咱们老家这儿,一粒芝麻就是一粒芝麻，一个西瓜就是一个西瓜。我赶紧说，明白了，明白了，我就尽量照实了写。

那倒也不是，梁为民欠欠屁股说，咱们是写小说，又不是写新闻。我俩不是要求你必须一是一二是二地写，你可以不写一，也可以不写二，但是一加一等于二没错。一加一为啥等于二？据说全世界的数学家都没证明出来，但是放在小说里，你的任务就是要把一加一等于二说清楚，把我加我弟弟等于什么说清楚，这就挺好。

我心里一惊，给他俩添酒，说，老梁，你这个认识牛啊，这小说你自己都能写。

梁为民噗嗤一笑，说，我写不了，人嘛，各有自己擅长干和能干的事，这点自知之明我还是有的。

梁为国端起酒杯，到嘴边吹了吹，呲溜一口。我看见他左边的袖子空荡荡的，那是丢掉的那只手。我满怀歉意地说，小梁，你的手吧，在这故事里确实不断不行，我实在没法保住它。我保住这只手，你们的一大半故事可能都没法讲了。

我看见那只不存在的手摆了摆,似乎示意我,别弄出一副很同情的表情,没必要。是,这种同情虽然真诚,但也挺廉价的,尤其是一个作者对自己笔下的人物的。

后来,小说写完了,我第一时间给兄弟俩看。

梁卫国给我发来一条微信:谢谢,你还算是个负责的作者。

啥意思?我有点疑惑,问他。

梁卫国说,你不知道吧,很多作者写到缺胳膊短腿的残疾人,那叫一个狠啊。我说的狠,不是说他们把人写残废了狠,而是把人写残废了之后,别的就什么都不管了。你算有良心,没忘了教我一只手怎么吃饭、怎么干活,还帮我找了个教书的工作。

我脑海里浮现的是读小学时的一位老师,他的一只手的确就是在乡下铡草时被铡草机铡掉的。他教我们数学,同学们挺喜欢这个一只手的老师。我也喜欢,我的喜欢里多了点儿好奇。我悄悄观察他怎么在黑板上写板书，怎么骑自行车，怎么不借助任何道具在黑板上画一个圆。我还专门盯着他的行踪，等他去厕所的时候也去厕所，只为了观察他怎么解裤子系裤子。

梁为民也发来一条：小说我们看了，你把我加我弟弟的事儿大致说清楚了，不容易。

我回复：你这么说我就放心了，啥时候回去，再请你们喝酒。

最后，我得坦白，我的确有一个同学，他的确说了自己一个朋友和弟弟互换了年龄这件事。这小说的来源，仅此一句话而已。现实里没有梁为国和梁为民，我更没有跟他们见面聊天。但是我特别想把自己塑造的虚构人物，在写完小说之后，请出来喝杯酒。

还有，我挺认同梁为民的话，写小说就是用文学的方式，把一加一为什么等于二给说清楚。这也算是一种"水落石出"。

图书在版编目（CIP）数据

水落石出 / 刘汀著. -- 上海：上海文艺出版社，2023
ISBN 978-7-5321-8735-5
Ⅰ.①水… Ⅱ.①刘… Ⅲ.①中篇小说－中国－当代
Ⅳ.①I247.5
中国国家版本馆CIP数据核字(2023)第128588号

发 行 人：毕　胜
责任编辑：解文佳
装帧设计：付诗意

书　　名：	水落石出
作　　者：	刘　汀
出　　版：	上海世纪出版集团　上海文艺出版社
地　　址：	上海市闵行区号景路159弄A座2楼　201101
发　　行：	上海文艺出版社发行中心
	上海市闵行区号景路159弄A座2楼206室　201101　www.ewen.co
印　　刷：	上海盛通时代印刷有限公司
开　　本：	787×1092　1/32
印　　张：	6.25
插　　页：	4
字　　数：	77,000
印　　次：	2023年8月第1版　2023年8月第1次印刷
ＩＳＢＮ：	978-7-5321-8735-5/I.6881
定　　价：	59.00元

告 读 者：如发现本书有质量问题请与印刷厂质量科联系　T：021-37910000